ハヤカワ文庫JA

〈JA1534〉

工作艦明石の孤独2

林　譲治

早川書房

8865

目次

工作艦明石の孤独2

登場人物

■工作艦明石

狼群涼狐……………………………………………艦長
狼群妖虎……………………………………………工作部長
松下紗理奈…………………………………………工作副部長
椎名ラパーナ………………………………………工作部「な組」組長
河瀬康弘……………………………………………同・組長代行
ロス・アレン………………………………………同・組員

■セラエノ星系

アーシマ・ジャライ………………………………首相
ハンナ・マオ………………………………………第一政策秘書
シェイク・ナハト…………………………………官房長官
哲秀…………………………………………………ラゴス市長
モフセン・ザリフ…………………………………アクラ市長
ファトマ・シンクレア……………………………アクラ商工会議所頭取
キャサリン・シンクレア…………………………同・ラゴス支所長

■偵察戦艦青鳳

夏クバン准将………………………………………艦長
熊谷俊明大佐………………………………………船務長
梅木千明中佐………………………………………兵器長
ポール・チャン中佐………………………………機関長

■輸送艦津軽

西園寺恭介…………………………………………艦長
宇垣克也……………………………………………船務長
ジェームズ・ペッグ………………………………機関長

1　プロトコル

悪夢を見ていた。内容は覚えていないが、悪夢であることは間違いない。ともかく叫び声を上げたという意識ははっきりある。しかし、それは声にならなかった。

何か空気が漏れるような音だけが口の周辺から聞こえるだけだ。その理由は、口の中に何か異物があるためだ。舌を動かした感じと、歯で噛んだ弾力からすれば、気管挿管用のプラスチックチューブだと思われた。

この一世紀ほどは停滞しているとはいえ、外科手術の手法も進歩している。よほどのことがなければ大規模な開腹手術は行われない。再生医療により、手術が必要になる前に対応できるようになったためだ。

気管挿管などが必要なのは、事故の場合くらいだ。開腹手術もこうした場面でしか行われない。つまり自分は事故に遭った。どんな事故？　そもそも気管挿管などという言葉をなぜ自分は知っているのか？　自分……自分って誰か？

「椎名ラパーナ、工作艦明石工作部、船外作業担当の『な組』の頭《かしら》」

椎名は、まず自分が何者であるかを覚えていることに安堵した。そしてやっと自分の周囲を見る余裕ができた。視覚は叫び声を上げたときに戻っていたのだろうが、それをやっと意識できるようになったのだ。

自分はどこにいるのか？　頭を動かそうとして、視界が限られていることに気がつく。意識がはっきりしてから何か違和感を覚えていたが、自分は平面に固定されているようだった。頭の自由度が限られているだけでなく、手足も固縛されているようだ。

冷静に考えると、平面と思っていたのはベッドであるらしい。硬質のスポンジのような素材で、身体が適度に沈んでいる。しかも時々、この素材が蠕動《ぜんどう》した。血行を促すことで鬱血《うっけつ》を避けるためかもしれない。

素材は灰色で、純白ではない。しかも、わずかに動く視界で見る限り、スポンジの色には場所によって濃淡があるようだ。右足と左腕の周辺だけは色が濃い。それが意味するところはわからない。

自分はどうもその硬質スポンジに上下から包み込まれているらしい。皮膚感覚で何か違和感を覚えるのはそのためか。

視野は全体にぼやけている。焦点が合っていない感じだ。ただ自分の周囲が淡い光に包まれているような気はする。それは視界だけでなく、身体の感覚全体が何かの違和感を覚えつつも、その意味がわからない。

もう一つ気がついたのは、視界の中に拡張現実のアイコンが見当たらないことだ。見えるのは機能休止状態を示す小さな赤い点だけだ。椎名のパーソナルエージェントは、体内にインプラントした指先ほどのデバイスにより視界内に情報を表示してくれる。

ただしエージェントのAIはインプラントの中にはなく、都市部や宇宙船内のネットワーク上にある。それらは人類世界全体の共通インフラなので、どこの植民星系に行ってもエージェントAIのデータにはアクセスできる。ワープ宇宙船に、そのためのデータを持ち主とともに移動させる機能があるからだ。

しかし、いまはエージェント機能は停止している。インプラントのエネルギーは人体から生化学反応で得ているので、椎名が生きている限りは電池切れにならないはずだ。

当然のことながら、この空間は人類の通信情報網からは完全に隔絶されている。

「ここは……イビスの宇宙船の中？」

椎名は突然、すべての記憶が蘇る。アイレム星系に調査に向かったこと。ワープ装置をつけたギラン・ビーで惑星バスラの軌道上に乗ったこと。その調査中に目の前に巨大な鏃《やじり》のような宇宙船が現れたこと。それを回避しようとして、ギラン・ビーが分解したこと、そして機体が救えないと悟った刹那《せつな》、一縷《いちる》の望みを託してマイクロサテライトを放出した……もっとも、最後の方になると記憶は曖昧だったが。

椎名にとっての驚きはイビスの宇宙船ではなかった。もちろん、都市も宇宙インフラも見当たらない星系で巨大な宇宙船が現れたのは驚くべきことではあった。

ただアイレム星系に文明があるかどうかを調査するミッションであったことを思えば、宇宙船の登場は文明の存在を確認できたということであり、まったくの予想外の事態ではない。

予想外だったのは、ギラン・ビーが左右に千切れたことだ。あの時は何が起きたのか、まったくわからなかった。想定される加速度ではギラン・ビーは分解しないように構造計算がなされている。それはワープ装置を付加したとしても変わらない。構造強度の計算は宇宙機では基礎の基礎だ。

何が起きたのかわからず、船体が千切れてすぐに電力も失われ、激しい衝撃を受けたところから先の記憶はない。

ただ、意識を失う瞬間に見た計器類のデータから、何が起きたかの推測はつく。計器類の表示が消えるまで数秒足らずの間、センサーは強力な磁場の存在を観測した。

漆黒の宇宙船がギラン・ビーの進路上にワープアウトした時、その不合理な判断に怒りさえ覚えたが、いまは違う。あの宇宙船は強力な磁場によりギラン・ビーを減速させ、静止した船体を回収しようとしたのだ。

あの宇宙船の巨大さも、ギラン・ビーの運動量を吸収するために巨大な質量が必要との判断からだろう。ただ減速そのものは成功したからこそ、椎名はこうして生きている。

それでも単純な双極磁場ならギラン・ビーは弾《はじ》き飛ばされるだけで終わっただろう。しかし、宇宙船が形成した磁場は、計器データの数字を信じるなら、いささか複雑な構造をしていた。複数の磁場の柱があって、ギラン・ビーはその柱に囲まれ、否応なく宇宙船に誘導されていたのだ。

だが、椎名たちもイビスたちも予測していないことがあった。ギラン・ビーは突如現れた宇宙船を回避しようとしていたが、そのために噴射していた核融合プラズマの向きは大きく偏向していたのだ。そしてプラズマは良導体だ。

結果としては船体は千切れたが、その原因は複雑な構造の磁場の中で、そうとは知らずに偏向したプラズマを最大限に噴射したことで、機関部に予想外の外力が働いて破断したからだろう。

むろんこれは計器のデータだけで推測したものだが、大きく間違ってはいないはずだ。椎名がこうして生きていることから考えて、イビスは千切れたギラン・ビーの破片をほぼ回収しているだろう。相手のことを知りたいのは人類だけではあるまい。

ここまでの推測が正しいなら、椎名はもう一つの結論が導かれることに気がついた。要するにイビスの巨大宇宙船が自分に放ったのは磁気カタパルトなのだ。大型宇宙船から磁気カタパルトで宇宙機を飛ばし、帰還時にはこの装置で回収できる。ギラン・ビーが現れて、急にこんな装置を開発・装備できるわけはないから、これは彼らが普段から使っている機能だ。だからあの漆黒の大型宇宙船は、小型宇宙船の母艦的な存在だろう。

すでに実用段階にあるそんな宇宙船をイビスは何に使ってきたのか？　未知の星系の調査活動なのか、あるいは何らかの武力行使のためか？

椎名は再び目覚める。どうやら磁気カタパルトのことを考えている間に眠ってしまったらしい。時間の経過はわからない。数分かもしれないが数時間かもしれない。

じつは右足と左腕が痛い。あまり考えたくはないが、たぶん骨折だろう。そしてベッドのスポンジの色調がそこだけ違うのも骨折と無関係ではあるまい。

たださっきよりも意識は明瞭だ。あまりにも自然なので気がつかなかったのだが、どういうわけかこの宇宙船の内部には重力がある。だから硬質スポンジが自分の身体にそって沈み込んでいるのだ。

記憶にある宇宙船の大きさは全長で五〇〇メートル、幅で一二〇メートル程度だった。遠心力を利用しようとしても、回転できるのは直径一〇〇メートルが限度だろうし、その場合、一五秒で一回転しないと一G前後の重力にはならない。しかし、それだけ高速で回転すれば、自分が怪我人でもわからないはずがない。

そうなると考えられる可能性は三つ。一つは、彼らが遠心力ではない人工重力の技術を持っている場合。しかし、そんな高度な技術があるなら、磁気カタパルトでなく、人工重力で宇宙船を減速すればいいはずだ。

二つ目は、この宇宙船は一G加速で移動している場合だが、それも考えにくい。宇宙船は明らかにワープ技術を利用していた。

たとえば一Gで一五時間も加速すれば、〇・一天文単位は移動できる。椎名がここに収容されてどれくらいの時間が経過しているかわからないが、ワープ技術があるなら、一G加速を一〇時間も二〇時間も続ける必要はない。ならばこの可能性も棄却される。

そうだとすれば、結論は一つ。この部屋は宇宙船の内部ではなく、惑星バスラなのか他の惑星かは知らないが、どこかの地球類似惑星の施設である。

そこまでのことを考える中で、椎名もやっと自分の置かれている状況を観察する余裕ができた。五感が回復する感覚とともに、そのことが気になったのだ。この感覚に近いのは、鎮静剤が切れた時かもしれない。何よりも右足と左腕の痛みをはっきり感じられるようになった。力を加えると激痛が走る。とりあえず神経は生きていると前向きに解釈する。

気管挿管されているためか、頭の動く範囲は狭い。左右に振れる角度は四五度くらいか。先ほど意識が戻った時は、全体に淡い光に包まれていると思ったが、今はその理由がわかる。

自分が横になっているベッドから二メートルほど高い場所に天井がある。そこまでの中間に人間の肋骨を連想させるようなオブジェがある。肋骨に相当する部分の幅は一メートル、長さは二メートルほどか。そのオブジェが発光しているのだ。

だから天井を見ようとしても、照明に邪魔されて細部はよくわからない。ただ天井も壁も白いようだ。

文化が異なるのだから、照明器具のデザインも違うと思ったが、椎名は気がついた。この肋骨のような照明は、自分を照らしているが、どこにも影ができない。

こういうものは地球にもかつてあった。医学史で習った手術台の照明だ。椎名が現在置かれている状況を考えたら、手術台のような場所に寝かされているのは筋が通る。

これは重大な発見だ。イビスがあの衛星に描かれた鳥のような生物とすれば推定身長は一八〇センチ前後で、このベッドにちょうど収まる。そう考えると、ここはイビスの手術室とか集中治療室に相当する場所ではないのか？

そうであるとすれば、イビスもまた疾病《しっぺい》や疾患から解放されてはおらず、病院に相当する施設や医者と呼ぶべき職種が存在するはずだ。言い換えるなら、イビスは人類からそれほど隔たった存在ではない。

頭の上の方向は見えないので何とも言えないが、左右両側の壁はベッドから三メートルほど離れており、足方向の壁はベッドの端から五メートルほどあるようだ。そちらのベッドと壁の間には、直径三〇センチ、高さ一メートル半ほどの円柱があった。

何をする機械なのかはわからない。しかし、椎名がその円柱に視線を向けると、鳥の囀《さえず》りのような音がした。そして頭上にあった肋骨のように湾曲していた照明器具は、真っ平らになり、そのまま天井と一体化した。

それと同時に室内の照度は下がり、左右の壁にそれぞれ二〇以上のグラフが現れた。視界が限られているので正確な数はわからない。

椎名は自分が硬質スポンジに包まれているのは感じていたが、感覚が明瞭になるにつれて、下着のない全裸で横たえられていることに気がついた。イビスが人間という存在を知りたいと思うなら、それは理解可能な行動だろう。

左右のグラフを見ながら、椎名は、自分の身体の違和感はスポンジに包まれているだけでなく、身体に何かを貼られているためだと気がついた。医療用の電極の類《たぐい》だろう。どうもこの硬質スポンジは、能動的に筋肉のような動きができるようだ。だから必要なら、寝ている状態でも身体に適切な運動負荷を与えられるのかもしれない。

同時に、皮膚から電気信号を読み取り、計測箇所がずれないようにすることもできるのだろう。身体をベッドの中で動かすとき、身体の同じ場所に圧迫感を感じるのは、そのためと思われた。

工作部の船外作業組の組長として、緊急処置ができるようにと医療職の資格も取得していたが、よもやこんな局面で役に立つとは思わなかった。

左右両側のグラフが自分の身体の状況を表示しているとして、自分はどんな状態なのか？　椎名はそれをまず確認しようとした。

一番最初にわかったのは、心電図だった。それと思われる波形は二種類あり、心拍は二つとも同期しているが、波形は微妙に違う。それは複数あると思われる電極の部位の違いによるのだろう。ただこれとは別に心拍と同期しているのは確かだが、心電図とは異なるものも二つ、並んで表示されている。あるいは何かの信号処理をかけているのかもしれない。

ただ人間の心電図とは電極の取り付け部位が違うようだし、そもそも心電図というのは椎名の解釈であり、イビスが何を目的として計測しているのかはわからない。

それでも自分自身の心拍パターンを表示しているグラフを発見できたのは朗報だ。このことを足がかりに他のグラフについて解析できるかもしれないからだ。椎名は安静時の自身の心拍数を知っている。概《おおむ》ねそれは毎分七五回だが、これは一回の心拍に〇・八秒かかる計算になる。

心電図を表示しているモニターはリアルタイムの波形を表示していたが、そこには等間隔に縦線が入っている。これを目盛と解釈するのは決して不自然ではないだろう。

そして彼女の一回の心拍は、ほぼ一目盛分あった。回収したイビスの衛星を分析した結果、イビスの一秒は人類の時間換算で〇・八秒になることがわかっている。だから心電図モニターの縦線の間隔はイビス秒単位、つまり〇・八秒ごとに刻まれていることになる。

椎名はこの事実に興奮したが、それに応じて脈拍も上昇した。そして心電図と連動していたグラフの一つで波形が変化する。モニターの中央部で緩やかに波打っていたものが、より大きな曲線を描き始めたのだ。それがおそらく血圧だろう。

椎名は船外作業訓練の一環として、呼吸法で精神を冷静にするやり方も知っている。そうやって精神を落ち着けると、血圧グラフも元に戻った。

心電図と血圧を見た範囲で、自分はそれほど悪い身体状態ではないようだ。少なくとも大量出血とか内臓損傷はないと考えていいだろう。

さらに試すと、筋電図を計測していると思われるモニターも左右両側の壁に見つかった。左右の腕と足にそれぞれのモニターが対応する。骨折したと思われる右足と左腕の筋肉も活動しているようだが、大きくは動いていない。

左足と右腕は、安静時と動かした時で、明らかに反応に違いがある。どういう基準かはわからないが、腕や足の複数の筋肉や骨格の損傷具合などをモニターしているらしい。

ただ実際に何種類のグラフがここに描かれているかはわからない。他のモニターは黒地に白波形のグラフだが、筋電図だけはカラーで表示されているからだ。

しかし、イビスたちの視覚が人間と同じ保証はない。進化の過程で人間より認識できる光の波長域が狭い可能性も、広い可能性もある。とりあえずこの件は先送りにした。室内の色調が乏しいので判断できないのだ。

イビスの衛星を調査して、幾つか単位らしい記号も見つかっていたが、秒やメートルに相当する単位はわかっているものの、不明な記号の方が多かった。

壁に表示される幾つかのグラフには、〇・八秒間隔の縦線とイビスの秒を意味する記号が認められた。グラフの隅に記号を表示するのは人類もイビスも共通らしい。

そして血圧を意味すると思われたグラフにも、解析できていない記号の一つが表示されていた。どうやらそれは圧力を意味する記号らしい。ただイビスの循環器系の構造がわからないので、血圧なのか血流の速さを表しているのかは不明だ。

椎名は自分がストレスに晒《さら》されていることも考慮して、血圧の高い数値は一七kPaと仮定した。昔の表現なら一二七mmHgほどになる。

血圧らしき波形は大きく変化していたが、それでも画面の中央部付近で収まっていた。イビスの血圧変動が比較的安定しているとするならば、画面の半分が無駄になるから、おそらくイビスの血圧は人類より高めなのだろう。これは衛星に描かれた生物が等身大であったなら、イビスは総じて人類より大きい身体だろうという予測と矛盾しない。

そして数字の解釈が正しいなら、血圧モニターの目盛の最大値は、彼らの数字体系で四分の一を意味する表記になっていた。おそらくそれが、グラフで表記される最大値なのだろう。

自分の血圧から判断してグラフの最大値は二五kPaくらいの数値になるだろう。これは重要な情報だった。なぜなら一イビス気圧とは概ね一〇〇kPaに等しい。そしてこの数値は地球型植民星系での標準的な大気圧を意味する。

バスラがセラエノ星系のレアや地球と酷似した惑星であることを考えたなら、標準大気圧も同水準なのは不思議ではない。しかし、イビスがこの大気圧を圧力の単位としているということは、それがバスラなのか別の惑星かはともかく、彼らは人類とほぼ同じ惑星環境で進化したことになる。

そんな時、椎名は突然、なんとも表現できないような不快な感覚に襲われた。呼吸はできるのだが、明らかに胃のなかに何かが送り出されたのだ。それもかなりの量だ。いきなり胃に送られてきたので、味などはわからない。また固形物で胃壁が刺激される感触もない一方、水よりははるかに粘性を感じるので、シチューのようなものか。

「これが食事！」

気管挿管だけでなく、どうやら胃に栄養を送る管も通されていたらしい。人類の医療行為の中にも胃腸の活動が重要であるという観点で、いまでも栄養物を胃に送り込むことは行われている。しかし、普通は鼻から管を通して胃に送る。とはいえイビスにとって未知の生物である人間に対して、気管挿管のついでに胃にも栄養補給の管を通しておくというのは、彼らには合理的なのだろう。

しかし、栄養補給はいいが、イビスは何を自分の胃に送り込んできたのか？　そもそも自分は事故から何日こうしているのだろう？　骨折が事故によるものなら、それほど時間は経過していないだろう。筋力の低下も感じられないし、せいぜい二日か三日か。

状況を考えたなら、イビスが人類の代謝や生理を理解しているとも思えず、この医療システムはイビスが使っているものの転用だろう。

彼らにも微生物はいるだろうし、その観点では椎名もイビスにとって危険な微生物の宿主である可能性がある。そうした状況への対応と準備には、然るべき時間が必要なはずだ。だからここに収容されたのは一日以上、三日未満、間をとって二日が妥当なところか。

にもかかわらず空腹や喉の渇きを覚えないのは、自分が意識を失っている間に、何度となくこの方法で栄養補給が行われていたことになる。ならばこの食事は、完全食品ではないとしても、少なくとも毒物ではないのだろう。

だがそうすると一つの疑問が浮かぶ。排泄はどうしていたのだろう？　いままで数回、胃の中にこれだけの量の流動食が送られていたら、排泄しないはずがない。

しかし、皮膚感覚で硬質スポンジは乾燥している。椎名はこの硬質スポンジが筋肉のように動くことに思い至る。自分が患者のベッドを設計するとしたら、硬質スポンジが腸管のように、排泄物を汚れた表面ごと移動させ、常に清潔に保つようにするだろう。

同時にイビスたちは、人類の生理現象についてかなりの情報を排泄物から得ることもできるはずだ。

そんなことを考えていると、いままで比較的平坦だった別のグラフが上昇し始める。食後に急上昇するものといえば血糖値が考えられる。血管に特定波長の強い光を当てれば、血糖値の測定は可能だ。

壁のグラフには、他にもほとんど数値の変化しないものがある。血糖が計測できるなら、血中酸素濃度とか炭酸ガス濃度もこの中に含まれていても不思議はないが、どれがどれなのかわからない。息を止めて炭酸ガス濃度を上げてみればとも思ったが、気管挿管されている状態ではそれは無理だった。

椎名は、ここで情報を整理する。人類の六〇近い植民星系の地球型惑星には生態系が存在している。それらの中には酸素分圧の違いから、巨大な節足動物や恐竜の如き生物のような多様性が見られ、植民星系を超えた動物の交配には未だ成功例はない。

しかし、そうした多様性の中でも、細胞の構造レベルでは類似性が高かった。どの生物もRNAやDNAを持ち、類似構造の解糖系で呼吸を行い、ミトコンドリア的な構造を持っていた。

高等動物になると惑星ごとの相違も大きかったが、それでも酸素呼吸を効率的に行うという条件の中で、肺やそれに類する器官を持っていた。消化器官には呼吸器よりも多様性はあったが、それでも大多数は一本の消化管の間を食物が移動し、消化され、排泄されるという構造では共通していた。

それは分子レベルの物理学的特性が、宇宙のどこでも共通であるという事実からきていた。物理法則の普遍性が、生命構造の類似性に決定的に重要な意味を持っていたわけだ。

そうしたことから考えるなら、イビスが人類と多くの共通点を持つことに不思議はない。酸素呼吸を行い、活動するためにブドウ糖を用いる。そうした部分から身体構造が積み上げられていれば、イビスの医療設備の多くが、ほぼ人類にそのまま活用できてもそこまでの意外性はない。

言い換えれば、呼吸して、食べて、排泄するという生物としての根本的な部分だからこそ、人類とイビスはここまで共通点を持つのであって、この集中治療室のような空間を一歩でれば、文化レベルでイビスと人類は何一つ共有できないことさえ考えられるのだ。何しろ相手は鳥そっくりの動物なのだから。

それでも栄養補給については、やはり椎名には疑問があった。それこそが文化の違いなのかもしれないが、酸素呼吸をして消化管を持つ高等生物が、いきなり胃の中に食物を流し込むというのは乱暴すぎる。

未知の動物にとって、自分たちの食糧の何が栄養となり、何が毒となるのかはわからない。人類社会で何千年も生活空間を共有している犬や猫でさえ、人間の食べ物が毒になることさえあるのだ。

この部屋の医療設備を見れば、イビスは人類と同等かそれ以上の医療水準を持っている。だから、危険を承知で食事を胃の中に送り込んではいないはずだ。

考えられるのは、二つ。一つはイビスには食中毒という現象がなく、食事が害になるという概念がない場合。しかし、これはかなり考えにくい。イビスの生態系で毒を持つ生物が皆無でない限り、毒という概念は持つはずだ。

そうなると合理的な解答は一つしかない。イビスは分解したギラン・ビーの残骸を回収し、彼らなりに分析し、内部の生命維持システムの構造から人間の生存環境を割り出したのだ。食事にしても、内部にはレーションパッケージがある。それを分析すれば、安全な流動食くらいは合成できるだろう。

別にゼロから作り上げる必要はない。彼らが持っている食糧の中で、回収したレーションと成分が一致するものを採用すればいいのだ。

椎名はここで、自分が意識を回復するまでの経緯を思い出す。それは漠然と感じていたものだったが、自分は医療行為を受けるにあたって鎮静剤のようなものを投与されていたのではないかという疑念だった。

自分のいまの状況を考えると、薬物から目覚めたというのが一番自然だ。しかし、麻酔や鎮静剤の処方こそ、適切に行うのが難しい。一つ間違えれば命を奪うことにもなりかねない。

だがこれも、ギラン・ビーの内部には緊急用の医療キットがあったことで説明できる。急激な減圧による低酸素状態でも理解できるように、非常用キットはわかりやすいイラストで使い方が描かれている。薬物のアンプルは安全な量であるから、あれを使ったなら危険はない。

イビスはあのイラストを理解し、椎名にそれを使用すべきと判断したのだろう。その判断は単にイラストを見ただけで行なったのか、それとも成分も分析して安全と解釈したのかはわからない。ただ椎名が生きているということは、判断は正しかったことになる。

そうまでしてイビスが椎名の治療にあたっているのはなぜか？　生命倫理の問題はイビスの文化が未知数なので考えない。それを除くと、目的は不明ながら、イビスは椎名を通じて人類についての情報を得るというのがもっとも合理的な解釈だろう。人間だって、同じ状況で負傷したイビスを救助したら同じことをするだろうから。

イビスの側からすれば、人類がアイレム星系に現れ、惑星バスラを調査し始めたことに何らかの脅威や警戒感を抱いても不思議はない。たぶん椎名をどうするかは、人類とはどんなものかについて判断材料が揃ってから決まるだろう。

その結果は、即時の処刑から、国賓扱いまで何でも考えられる。


食事のせいなのか、椎名は短時間眠ってしまったようだった。血糖値は低いところから平常に戻っていたのだろう。眠かったのはインシュリンが産生されて一時的に低血糖になったためで、薬物ではないと思いたい。

彼女が目覚めると、部屋の隅にいて鳥のように囀る円柱が近づいてきた。離れていた時にはわからなかったが、円柱の表面は石灰岩の表面を思わせた。頂部には円周に沿ってスリットが入っていた。それが外部の状況を知るためのセンサー部なのだろうか。考えてみれば、この円柱は椎名が意識を回復したときにはすでに置かれていた。彼女の行動はすべて観察していたことになる。その円柱が移動してきた。車輪があるのかどうかはわからない。移動は無音であった。

円柱は椎名のベッドの周囲を一周すると、足元で止まった。動きだけ見ると、椎名を観察しているように思えた。そして円柱は再び囀ったが、先ほどよりもゆっくりとした調子に聞こえた。

「何を言いたいの？」

椎名はそう言おうとしたが、気管挿管のために声にならなかった。胃にもチューブが挿管されているのでなおさらだ。それなのに咽頭などに不快感を覚えないのは、何らかの麻酔処置でも施されているためか？

円柱は何度か異なる囀りをしていたが、椎名が声にならない音を口から発する姿に、動きを止めた。

人間の呼吸器官と消化器官と発声器官が口という部分を共有しているのは、進化史の中でも拙《つたな》い設計という意見は多い。食事中には明瞭な音声も発せられない。喉に物が詰まって窒息するようなことも起こるからだ。

一方で、呼吸器官と消化器官がそれぞれ独立しているような動物は、地球のみならず他の星系の生物でも見られる。イビスもまたそうした生物なのかもしれない。

たとえば彼らが鼻を使って音声のやりとりをするような生物なら、口に挿管しても、鼻には何もしていない理由もうなずける。イビスとて、未知の生物に自分たちのやり方が常に通用するとは考えていないだろう。ただ試行錯誤をするにあたって、まず自分たちのやり方で試してみることは考えられる。

円柱か、あるいはその背後にいるイビスは、どうやら人間が口を使ってコミュニケーションをとることに気がついたらしい。そして円柱は再び部屋の隅に移動すると、機械音とともに変形した。

円柱の表面から十数本の細長い一メートルほどの棒が飛び出した。おそらく本体と一体化していたのだろう。棒はさらに伸展し、長いものは三メートルほどに、短いものは逆に五〇センチほどに収縮し、そしてその触手というか腕というか、それを掲げながら椎名の頭部に迫る。

人類が星系植民を行う今日《こんにち》でも、巨大蜘蛛が人間を襲うような映像コンテンツが作られているが、彼女が連想したのは、そうした光景だ。

ただ、この円柱が何をしようとしているかの推測はつく。椎名との会話を試み、それが挿管のためにできないと判断し、取り除いても彼女は死にそうにないと結論したために、挿管を外そうとしているのだろう。

この仮説を確かめるため、椎名は天井を見つめながら頭を動かさないようにする。頭が動かなければ、挿管を外すのは容易なはずだ。

椎名が頭を適切な位置に固定したと円柱は理解したのか、短く囀った。椎名はその囀りを覚えようと頭の中で反復する。たぶん、「イエス」とか「正しい」とか、そうした肯定的な場合の表現のはずだからだ。

それでも、昆虫の脚を連想させる円柱の棒が十数本も迫ってくるのは怖いというより気持ち悪いが、そこは我慢する。いまの時点で人間の弱みを教えたくないという気持ちもある。

それでも「昆虫の脚」の動きは的確で、何本かは椎名の口蓋に入り込み、実に自然に呼吸器と消化器からチューブを取り出した。最初は単なるゴムチューブの類かと思っていたが、そんな単純なものではなく、柔軟性に富んだ何かの装置類が組み込まれていたようだ。それらが取り出されると、口の中に痛みとも痒《かゆ》みともつかない感覚が押し寄せてきた。

「あぁ、あぁ、私は椎名ラパーナです」

椎名は自分の名前を口にする。違和感はどこにもない。いままで麻酔を打たれていたと思ったが、そうではなかったらしい。麻酔は麻酔でも、薬物ではなく、何らかの電気信号により神経を誤魔化していたようだ。

回収したチューブ類を胴体の中に収容すると、十数本の触手も、関節が二つある長さ二メートルほどの腕を二本残して、再び本体に収容された。

ここまでのことを椎名は考える。イビスは自分たちよりも器用な医療ロボットを活用しているのか、あるいは未知の知性体が持ち込んだ微生物を警戒してロボットで椎名を看護しているのだろう。

しかし、これは相反する命題ではなく、高度な医療ロボットがあれば、データを取る意味でも異星人の治療にそれを投入するのは自然な発想だろう。何より、イビスの正体を晒さなくて済む。

自分たちがアイレム星系にやってきたのは、前方ビザンツ群で発見された衛星が理由だが、人類がそれを回収したことをイビスが知るのは五年後だ。

だからイビスは自分たちの外観について、人類がある程度は予想していることを知らない。

「あぁ、あぁ、私は椎名ラパーナです」

円柱は椎名の言葉を再生した。イビスが自分とのコミュニケーションを成立させようとしていると彼女は仮定した。そこでゆっくりと音節ごとに話す。

「私……は……椎名ラパーナ」

椎名はそう言うことで、最初の「あぁ」とか末尾の「です」については無視するという意図を込めた。

「私……は……椎名ラパーナ」

円柱はそう音声を再生する。三分ほど動かなかったが、再び音声を流す。

「椎名ラパーナ　は　私」

椎名は、円柱が先ほど囀ったイエスの意味の音を再現した。それは必ずしも上出来とは言い難かったが、円柱はその意図を理解したのか、先ほどと同じく囀った。円柱は思った以上に賢かった。椎名がイエスの意味だと予測した囀りをした後、円柱は言う。

「は　ピルン」

囀りは、椎名が悟ったように、人間の音声で再現できるものではなかった。だがピルンという音は再現できた。このピルンは、囀りを人間に発声可能な周波数帯に変換したものだった。

つまりイビスにとってイエスを意味する単語を、椎名は発音できるということだ。たった一つでも共通の言葉が得られたことの意味は大きい。さらに「A＝B」というような論理構造も相互理解できたと考えられるだろう。

しかし、大きな進歩ではあるが、ここからどう相互理解を進めるか？　身振り手振りが使えればいいのだが、骨折のためか手足はこのベッドの中で固定されている。

ただここまでの流れをみれば、イビスもまた人類とのコミュニケーションを求めている。双方がそれを求めていることこそ、いまはもっとも明るい情報だろう。

だが、それもまたイビスの方が先んじていた。椎名の目の前の空間に映像の表示画面が現れる。おそらくは立体映像の技術の一種だろう。たとえるなら窓から室内を覗いたような映像だ。左右の壁のグラフは、単純な画像だったので気にならなかったが、映像となると違和感があった。解像度は高いのだが、画面の動きに雑な感じを受けたのだ。イビスの映像技術がどんなものなのかはわからないが、人類のものとは違った方式の可能性は高い。

人間の映像になぞらえていうならば、コマ落ちというか、映像を再生するフレームレイトが低いような印象だ。これはイビスの目が人類よりも高速の動きに追躡《ついじょう》できないためかもしれない。

色調もおかしい。映像はイビスが回収したらしいギラン・ビーの内部だった。だから通常の色はわかっている。映像は色がついているのだが、発色が薄くモノクロに近い印象があった。

カメラの側が特定の周波数を感知しないのか、あるいはカメラは感知しているが、映像表現として特定の色彩は表示しないように思えた。両方の可能性もある。

要するにイビスの視覚に合わせているため、人間の視覚だと色調がおかしく見えるのだ。

ただこれはイビスが人類より狭い色彩感覚であることを意味しない。イビスの方が可視光域が広く、人間の側が認識できない色彩があるため、違和感を覚えている可能性もある。先ほどの映像がコマ落ちのように雑に見えるのも、人間の側に認知できないコマがあるためかもしれない。

そうして映像は進む。おそらくイビスがカメラを持って、ギラン・ビーの中を進んでいるのだろう。ただカメラの視界にイビスの姿は映らない。そうしてカメラの映像は、一つの装置を中心にして、赤い丸で囲む。

それは鉛筆だった。大昔の鉛筆は炭素の棒を木で覆った構造だったそうだが、いまの鉛筆は特殊な組織を織り込んだグラファイトの構造物で、それをセラミックで覆っている。

主に船外作業で、仮想空間ではなく、物理的に宇宙船や宇宙インフラ、場合によっては小惑星に文字や記号を書き込むのに使う。単純な道具だが、現場作業では不可欠だ。グラファイトなので導電性があり、回路図を描いて、複数のユニットを電子回路として結合させるようなことにも使われる。むろんそんな器用な真似ができるのは、椎名レベルの上級者だけだが。

「ピピス　は」

円柱はそう言った。どうやらイビスたちにも鉛筆のような存在があり、それはピピスと呼ぶらしい。そして円柱は言葉と映像で、これを人類がなんと呼んでいるかを知ろうとしている。

「ピピス　は　鉛筆」

椎名がそう言うと、円柱はすぐに返事をする。

「鉛筆　は　ピピス　ピルン　ファルン」

ファルンという単語が新たに増えている。どうやらイビスは鉛筆の呼び名を知るためというより、正誤に関して椎名とのやり取りのプロトコルを確立させたいようだ。

その前提で考えるなら、ファルンというのは疑問符のような存在だろう。そこで彼女は返事をする。

「鉛筆　は　ピピス　ピルン」

鉛筆をピピスと呼ぶのは正しい、そんな意味だ。正解、疑問符と続いたなら、話を進めるためにはあと、NOか何か、否定表現がなければならない。正誤が通じて初めて、相互のボキャブラリーを広げることができる。

その考えはイビス側にも共有できたのだろう。円柱はさらに言葉を発した。

「椎名　は　ピピス　ルペン　ファルン」

ルペンという新しい単語が否定語だろう。椎名は鉛筆というのは間違いですか？　というような意味と椎名は解釈した。

「椎名　は　ピピス　ルペン　椎名　は　私　ピルン」

円柱はいままでとは違った囀りを上げた。意味はわからないが、人間なら「やったぜ」とでもいうところだろう。ただいまのが感情の発露なら、この円柱のＡＩが感情を持っているのでもない限り、後ろにこれを制御しているイビスがいることになる。

そこからしばらくは、ギラン・ビーの機材の名前を椎名が教えるという単純な作業が続いた。ドライバーがベリアであるとか、レンチがタイスであるとか、そうした形で共通の単語が積み上がってゆく。

そうした作業の中で、椎名はイビス側の意図が見えてくる気がした。イビスが提示する名前はどれも三文字だ。

人間に発音できて、理解できる範囲で三文字としたのだろう。イビスが何種類の文字を発音数として用意しているかわからないが、仮に五〇としても五〇の三乗で一二万五〇〇〇種類の単語に対応できる。

それよりも椎名は、ギラン・ビーの内部状況に内心では驚いていた。彼女の最後の記憶にある船体は、イビスの宇宙船の磁気カタパルトのために左右に分解していた。

だが、映像の中のギラン・ビーはまず自前の照明で内部が照らされていた。

イビスがシステムを修復したのか？　それとも照明デバイスに直接電流を流しているのか？　前者はもちろん、後者であっても適切な定格の電力を提供するのは簡単ではない。

しかしその謎は、続いての映像である程度わかってきた。いままでのやり取りで、物の名前を知るための基本的な文法は確立したとイビスは結論したらしい。

映像がいきなり切り替わる。そこは格納庫のような場所で天井の高さはわからないが、ギラン・ビー全体が収容できているので二〇メートル四方はあるだろう。

そこには分解した船体を結合した、外見的には完璧なギラン・ビーの姿があった。ただ軽合金らしい足場で全体が支えられているので、どこまで復元できたかはわからない。

足場はトラス構造を基本としており、自分たちは使っていないが、地球人がこうした足場を使っても少しも違和感がないようなものだった。少ない材料で、簡単な構造で重量物を支えられるという条件が共通なら、どんな文明であっても、出来上がるのは似たような構造ということだろう。

そして映像で、ギラン・ビー全体が赤い枠で囲まれた。

「これ　は　ギラン・ビー　ピルン」

円柱が話す前に、椎名はそう述べた。指示代名詞を理解させようと考えたためだ。椎名の反応はイビスには予想外だったのか、しばらく円柱は沈黙し、映像も止まったままだ。

椎名が指示代名詞を使ったことに対して、イビス側もどう対応するかを考えているのだろう。

数分後に映像が切り替わる。それは格納庫の隅の方だと思われた。円柱と同じ白い石材のような壁の前に、ギラン・ビーで軌道に投入する予定だった探査衛星が置いてある。加速用のアポジモーターは取り払われ、衛星そのものだけだ。

そして映像は、衛星を赤く囲む。

「これ　は　探査衛星　ピルン」

次に現れたのはアポジモーターだった。

「これ　は　アポジモーター　ピルン」

少しの間を置いて、今度は椎名自身の姿が映る。それは円柱からではなく、真上からの映像だった。それほどの時間は経過していないはずなのに、ひどくやつれていた。ただそれ以外は、思った通りの状態だった。円柱からの映像でないのは意外だったが、人類とて生きている異星人を収容したら、三六〇度からその活動を記録するのは間違いない。

「これ　は　椎名ラパーナ」

椎名を赤く縁取った映像とともに、円柱が言う。今回はピルンという肯定表現はない。ファルンという疑問形もない。素直に解釈すると、イビスは「否定以外は肯定と解釈する」ということを伝えたいのか。

確かに「A＝B　は　真」あるいは「A＝B　は　偽」と毎回確認するより、「偽以外は真」とするほうが会話の効率は上がる。

ただ「これは椎名ラパーナ」で間違いはないとはいえ、この程度の会話で確認事項を省略してしまうとは、イビスとは思った以上にせっかちな知性体なのかもしれない。

「ピルン」

椎名はそれだけを答える。ここまでの推論が正しいなら、これで会話は成立しているはずだからだ。じっさい円柱は、椎名の返答とともに再び体側《たいそく》から腕を一本伸ばす。

「これ　は　ファルン」

腕が示しているのは、椎名が心電図と判断したグラフだ。やはり椎名の一挙一動は観察されていたらしい。モニターの意味とも解釈できるが、彼女がもっとも注視し、意味を考えていたグラフであることを考えれば、期待されているのはハードウエアとしてのモニターではなく、そこに表示されているものの意味だろう。

「これ　は　心電図」

椎名はやはり、そう答えることにした。そこからイビスの生理学的な情報が得られるかもしれないと考えたためだ。人類の生理学的な情報を知ろうとするとき、彼らが考える質問は、イビスの生理現象を前提としたものとなるはずだからだ。

しかし円柱の返答は、椎名の言葉を繰り返しただけだった。そして目の前の映像が上からの自分の姿ではなく、心電図になった。そして心電図の波形が変化する。周期は同じだが振幅が三倍に拡大したのだ。

「心電図　は　ペハン」

画像は再び正常な波形に戻る。

「心電図　は　ルピン」

これは何を伝えようとしているのか？　イビスにも心臓があり電位の正常値と異常値があることは十分考えられる。彼らに心電図という概念があるのは、心臓の電位変化について正常値と異常値があるからだろう。疾患でも数値が何も変わらないなら計測はしない。だからペハンが異常値、ルピンが正常の意味だろう。考えれば、正しいを意味するピルンと、間違いのルペンを少し言い換えているだけではないか。

「心電図　は　正常」

「ルピン　は　正常」

椎名の返答に対して、円柱はそう返した。円柱とのやりとりはかなり簡略になった。

「ペハン　は　異常」

「ペハン　は　異常」

今度は波高は同じで、周期が異常に速まった心電図になる。

「心電図　は　ペハン」

椎名がそう言うと、円柱は予想通りの反応をした。

「心電図　は　異常」

自分とイビスの間の意思疎通が順調なのかどうかは、正直、よくわからない。ここまで時間をかけて伝わったのは、心電図の異常値どまりだ。

しかし、むしろこの短時間にここまでの言葉が通じる基盤ができたのは驚くべきことだろう。それがどうして可能であったのか？

一番の理由は、椎名が自分の身体をイビスとのコミュニケーションのためのプロトコルとして活用できたからだろう。ベッドで寝ているだけのようでも、身体での表現は多くの情報をイビスに提供し、そのことが彼らに適切な反応を返すためのヒントになったのだ。

このことはとりも直さず、イビスという生物が、細目は人類とは異なっているとしても、細胞や組織レベルでは、多くの共通点を持っていることを意味しているのではないか。

だが、それはさほど意外ではないのかもしれない。植民星系の幾多の生物も、基本的な物理現象や蓋然性の枠組みの中で進化してきた。つまりは物理法則こそが、生命全体の共通プロトコルと言えるかもしれないのだ。

そんなことを考えている間にも、語彙《ごい》を広げるやりとりが続いてゆく。心電図のみならず、血圧とか血糖値などについても椎名はイビスとの間に相互理解を成功させた。

グラフを腕で指し示しながら、円柱は話す。

「椎名　血糖値、血圧　正常」

それを聞いて彼女は思った。

「知っとるわい、そんなこと」

2　危機管理委員会

新暦一九九年一〇月一〇日・首都ラゴス

セラエノ星系政府のアーシマ・ジャライ首相は、首都ラゴスの官邸にて、偵察戦艦青鳳《せいほう》の夏《か》クバン艦長と工作艦明石の狼群涼狐《ろうぐんりょうこ》艦長の両名より、アイレム星系での調査活動の正式な報告を受けていた。

報告だけなら、軌道上から通信回線を経由しても可能だ。ただアーシマは一五〇万セラエノ市民に対する情報開示の方法を模索していた。状況によっては、二人にも直接的な情報開示の場に立ち会ってもらう可能性もある。だからこそ、こうして対面での報告という形になったのだ。

二隻の宇宙船がアイレム星系より帰還した時点で、同航していた第一政策秘書のハンナ

・マオより調査時に起きた事件の概要は知らされていたが、あくまでも事実関係の報告であり、分析はなされていない。

ただハンナの事実報告だけでも信じ難いものだった。惑星バスラに接近したギラン・ビーからの映像では、地上に都市の姿はなかった。しかし接近とともに、放棄されたプラントのようなものが発見され、人工物と疑われていた幾何学図形の周辺で赤外線や低周波の発生が観測された。そして全長五〇〇メートルあまりの巨大な宇宙船が突然現れ、ギラン・ビーは衝突したらしい。わかっているのはギラン・ビーが分解したことだけだ。

異星人文明との接触という人類史にも前例がない状況で、ファーストコンタクトがこのような形で終わったことは、必ずしも成功とは言い難い。それでもアーシマは夏艦長や狼群艦長を責める気にはなれなかった。

ともかく前例のないプロジェクトなのであり、リスクは避けられない。調査の第一の目的が情報収集にあるならば、その任務は果たせたとも言える。

何よりもプロジェクトの現場責任者はこの二名としても、調査計画の最終的な責任者はアーシマ首相自身である。一名とはいえ犠牲者が出たのは残念ではあるが、それについても自分が二人を責めるのは筋違いというものだろう。

「分析作業は現在も軌道ドックで進められておりますが、幾つか明らかになったことがあります」

夏艦長が口を開く。どうやら説明は彼女主体で行われることが、狼群との話し合いで決まっているようだ。アーシマは先を続けるよう、夏艦長に促す。

「まずギラン・ビーが宇宙船との接触前に分解した理由ですが、送信されてきたテレメーターやセンサーのデータ、さらに機内各部の映像データを解析した結果、あの分解は事故であり、攻撃によるものでないことはほぼ間違いありません」

「それは、彼らに人類への敵意がないということ？」

アーシマにとって、人類外文明への最大の関心事はそこだ。イビスと人類の共存共栄という夢のようなことまでは考えていない。いまの自分たちには脅威でさえなければ十分だ。それなら自分たちの問題に専念できる。

しかし、夏艦長は言葉を選ぶように説明する。

「残念ながらイビスの敵意については判断できません。積極的な攻撃はなされなかったというだけです。

ギラン・ビーが分解した理由は画像解析中ですが、これについてはイビス宇宙船の作り出す磁場による事故の可能性が高いようです。

ただ、分解した船体は宇宙船に回収されています。可能性は低いですが、回収するために分解させたとも解釈できます。船内に回収する前に機能を奪うという意味で。つまりはイビス側の安全処置です」

アーシマはここで、あることが未確認であることに気がついた。ハンナから報告を受けた時には、ギラン・ビーは爆発するように空中分解したと理解していたのだが、夏艦長の説明ではそこまで激しくないようだ。

「搭乗員の椎名ラパーナさんの生存確率はどれくらい？　空中分解したならば即死と思っていたけど、いまの艦長の話では、生存している可能性がありそうだけど」

その質問は夏艦長も狼群涼狐も為されるものと思っていたのだろう、二人とも姿勢を正す。そしてこの質問には狼群が返答した。

「改造したギラン・ビーには居住区画は操縦室しかありません。短期ミッションを計画していたので、それで十分との解釈です。

そして画像解析によれば、ギラン・ビーは分解しましたが、記録された画像の範囲で空気の漏出は観測されておりません。また船体にかかった加速度は、それだけで生命を危険に晒《さら》す水準にはありませんでした。

つまり少なくともイビスの宇宙船に回収される直前の段階では、高い確率で椎名は生存していたはずです。

ギラン・ビーを回収した目的が人類という存在の情報収集にあったとするならば、イビスは彼女の生存に全力を傾けるでしょう。我々はイビスの姿さえ推測の域を出ないのに、彼らは生きている人類を観察できる。彼我《ひが》の情報格差は憂慮すべきですが、椎名の生存は十分期待できます。少なくとも死亡宣告を出すべき状況にはありません」

狼群は一気にそう語ったが、夏艦長はそれが義務であると信じているのか、こう追加した。

「もちろん、イビスと人類は異なります。彼らが仮に善意に基づき椎名氏を生きながらえさせようと意図しても、そのための試行錯誤は彼女にとって拷問に等しい可能性も否定できません。

つまりイビスの行動だけを見て、それに対して復讐心を抱くことは、我々にとってマイナスにしかならないでしょう」

アーシマは、夏クバンという人物に、なんとも言えない気持ちになった。一番近いのは悲しみか。

彼女は感情を表さない。常に理性的であり、全体のために合理的であるという態度は、理想的な軍人の態度そのものだ。だが、夏艦長が置かれている状況と、彼女が経験してきたことを考えたら、とてつもないストレスに晒され、常に不安と葛藤にさらされている。

にもかかわらず彼女は冷静さを失わない。

ここまでのストイックさは常人にはないだろう。夏艦長とて、木石《ぼくせき》ではない。それでもこの態度を貫くための葛藤を思えば、アーシマには否応なく、悲しい感情が浮かぶのだ。

「セラエノ星系政府首班として、市民である椎名ラパーナ氏を無事に帰還させることを、イビスに対する我々の基本方針の一つに定めたいと思います。

しかし、その前に、現状で明らかな客観的な情報を教えてください」

アーシマはそう言って、話題を変える。それに応じて報告を始めたのは狼群だった。

「まずイビスはワープ技術を有しているのは明らかです。しかし、前方ビザンツ群への衛星設置のために、アイレム星系からセラエノ星系へ核融合推進の宇宙船を送らねばならなかった。このことから判断すれば、イビスもまたワープ航路を自由に設定できるだけの技術はない。

ただ、イビスの宇宙船は瞬時に軌道上の二点間を移動しています。残念ながらこのような技術を我々は有していません。したがってワープ技術についてはイビスの方が優っていると言えます」

イビスの技術力は人類より優っている可能性がある。それはそのままセラエノ星系の危機を意味するわけではないが、アーシマにとっては決して望ましい情報ではない。

「正直、イビスの科学水準や技術力について、あの数分の接触だけで判断するのは困難です。我々と同水準の可能性もありますが、はるかに優れている可能性も否定できない。ですが、このことは人類にとって、イビスの危険度とは別の深刻な問題を示唆します」

再び夏艦長が報告する。どうやら二人の間では危機管理に関する報告は、夏艦長が行うという了解があるらしい。

「別の深刻な問題？」

夏艦長が何を指摘するのか、アーシマは身構える。これだけストイックな人間だからこそ、深刻な分析結果を開示することを躊躇《ためら》わないだろう。

「仮にイビスの科学水準が我々よりも一〇〇〇年進んでいるとします。にもかかわらず彼らがセラエノ星系にワープできないとしたら、彼らでさえワープ航法の航路開設などの諸問題を解決できないことになる」

イビスについて未知数の部分も多いとはいえ、夏艦長の仮説は確かに救いのないほど深刻な内容だった。ただセラエノ星系が一〇〇年孤立するという想定の計画は議論中であり、新たに着手すべきことは意外に少ないのではないか。アーシマはそう解釈した。

「肝心の、アイレム星系にイビス文明が存在するかどうかは、何かわかった？」

「それに対しても現状では仮説を述べられる程度です。ギラン・ビーの前に現れた巨大宇宙船ですが、惑星バスラの地下からワープしてきた可能性が高いです」

「地下から？」

アーシマは思わず問い返す。宇宙船の専門家ではないといっても、ワープ宇宙船を地表から軌道上にワープさせることの非効率さは知っている。端的に言えば、ワープ機関とは地表から宇宙までの一〇〇キロ単位の近距離移動に用いる装置ではないためだ。

それに地表から軌道上にワープしたところで、高さが変わるだけで衛星になれるわけではない。つまり宇宙船はその瞬間から墜落してしまう。逆に軌道上の宇宙船が地表にワープすれば、軌道速度を維持したままワープアウトするので、その瞬間に宇宙船は音速の二〇倍以上の速度で大気の壁に衝突して、木っ端微塵となるだろう。

ただ、そうした技術面の問題を解決できたなら、そうした宇宙船には大きなメリットがあった。何しろ、わざわざ軌道上の宇宙港から手間をかけて地表に物資を下ろさなくても済む。

地球から出発した宇宙船は、そのまま植民惑星の地表でワープアウトできるから、それは物流に革命をもたらすだろう。しかし、人類のワープ技術はまだその段階に到達してはいない。

「地下からワープしたという根拠は？　ギラン・ビーからのデータだけではわからないと

思うけど」

「宇宙船が現れる前に低周波が観測された惑星表面で、赤外線の変動も観測されています。その赤外線が描くシルエットが、軌道上に現れた宇宙船の形状と酷似しています。シルエットは、宇宙船が軌道上に姿を見せている間は消えており、それがギラン・ビーを回収後に軌道上から移動した瞬間から、再び観測されています。

証拠といえばこれだけですが、それでも地下から宇宙船がワープしたと解釈するのが自然と思われます」

宇宙船を地下からワープさせることにメリットがあるとはアーシマには思えなかったが、イビスにはそうする必要があるのだろう。

そんな彼女の考えを読んだかのように、夏艦長は続ける。

「実はこのことと関係があると思われる発見がありました。詳細な映像などはここでは省略いたしますが、惑星バスラの地表に、何らかのプラントと思われる廃墟が発見されました。画像処理で鮮明化できるのはプラントそのものだけですが、附属施設か住居と思われる直線状の痕跡もあり、全体で小さな都市を構成していた可能性があります。

ただ都市といっても規模は小さく、さらに生態系による侵食が激しいため、かなり高度な画像処理を行わねば肉眼での識別は不可能でした。

いうまでもなく、都市もプラントも稼働しておらず、樹木に完全に埋もれていました。放置されてから一〇年、二〇年という時間が経過していると思われます」

「興味深い発見だけど、それと宇宙船にどんな関係が考えられるというの？」

「イビス文明の活動領域が惑星の狭い地域でしか見られない点から、惑星バスラがイビス文明の植民地の一つであると解釈するのは不自然ではないと考えます。

そうだとすれば、彼らの入植は一度失敗したか、大きなトラブルに見舞われた可能性があります。地表での都市建設に問題があったために、地下に都市を建設しなければならなかったのかもしれません」

「地表からは都市や文明の痕跡がほとんど見つからないのは、そのためか。それでも一度は地上に都市を建設したからには、モグラのような生物とは考えにくいですね……」

ギラン・ビーのもたらした情報だけで、そこまでの結論を導くことができるのか？　そこにアーシマも懸念はあったが、それでも解釈としては筋が通る。

重要なのは、この地下都市説が正しいかどうかではない。いままで仮説さえ立てられなかったものが、ようやく仮説を議論する段階まで前進したことに意味があるのだ。

「これは、あくまでも軍人を離れた、夏クバン個人の見解ですが……」

アーシマは先を続けるよう促す。

「惑星から宇宙船をワープさせるにしても、地上で行えばいいのに、それをあえて地下で行うメリットといえば、自分たちの存在を隠すためと解釈するのが自然です」

「そうかもしれないけど、それは重要な問題なの？」

アーシマには夏艦長の話の筋が見えない。

「現段階では公式に議論する必要はないでしょう。ただ、これは軍人の性《さが》と思っていただいて結構ですが、イビスが地下に拠点を築いているとするならば、彼らは何から隠れようとしているのか？

それはイビス内部の何らかの対立かもしれません。しかし、イビスに敵対する第三の文明が存在しているとしたら、それは我々にとっても脅威となり得るかもしれない。

まぁ、私もそんな文明の存在は信じておりません。ただ、想定外の事態からの不意打ちは食いたくない。だから荒唐無稽に思える想定も、考えておく必要があるわけです」

そこまで想像を広げられるならコンテンツ・クリエーターにでもなればどうですか？

そんな言葉をアーシマは思ったが、それを口にするのは相手に対して失礼との良識はあった。だから別のことを尋ねる。

「危機管理上の想定の一つなのはわかりますが、それを私に話すのはなぜです？」

「さぁ、何と表現したものか……うまくは言えませんが、首相にはある種の極端な想定も頭の隅に置いてもらいたかったから、とでもなりましょうか。気分を変える意味で」

アーシマは何となく、夏艦長の意図がわかる気がした。それは固定観念に囚われるなという意図なのではないか。しかし、どうしてそれが「気分」という言葉になるのか？

アーシマは、夏艦長がこのことを自分自身に言い聞かせているようにも見えた。そのことは彼女も否定しなかった。

「首相もそうでしょうが、正直、私も艦長としてどう振舞うべきか五里霧中です。いままでは青鳳の帰属問題ばかりを論じてきましたが、それもある部分では問題の先送りでしかありません」

「問題の先送りとは？」

「偵察戦艦青鳳の乗員はエレンブルグ博士のスタッフ二〇人を加えて四三二人。地球出身者ばかりで、私を含め全員が地球に家族を残しています。

このことにどうやって折り合いをつけてゆくか。一年後に帰還できるなら、一年待てばいい。二度と帰還できないなら、セラエノ星系に骨を埋めるしかない。

しかし、いつ帰還できるかわからない状況で、部下たちをセラエノ星系の市民として帰化させるべきか否か、その決心がつきません。

ここで新しい家族を築くなら、早いほうがいい。しかし、地球に残した家族との再会の可能性がある中で、その決断はできません。私もできないし、部下もそうでしょう。でも、それを承知で決断を下さねばなりません。イビスを脅かす第三の文明のことを考えていれば、少しは気が紛れます」

「なので、あくまでも個人的な話なのですね」

夏艦長はうなずいた。そしてアーシマは彼女の抱える問題を共有したことに気がついた。それは遅かれ早かれ共有しなければならない問題だった。

いままでセラエノ星系の孤立という視点でしか問題を考えていなかったが、青鳳や輸送艦津軽の乗員にとっては、地球の家族との別離の問題なのだ。

「我々としては、いつでも皆さんを市民として迎え入れる用意があります。それ以上は確約できませんが、この点だけはお約束します」

「ありがとうございます」

そして夏艦長はいつもの軍人の顔つきに戻る。

「最後になりましたが、早急にアイレム星系へ第二次の調査隊を送る必要がありそうです」

アーシマには、それは意外な意見だった。

「第二次調査隊を送ることに異論はありませんが、どうして早急に、なのです？」

その質問に答えたのは意外にも狼群だった。

「画像分析の結果、予想外の事実が明らかになりました。ギラン・ビーの操縦者の椎名氏は、船体が分解する直前に八個のマイクロサテライトを放出しています。椎名氏の操作によるのか、単純に分解の結果によるのかはわかりません。

本来は高性能衛星を軌道に展開する予定でしたが、その衛星は分離できませんでした。その代わり、予備のマイクロサテライトが放出できたことになります。

もともと大気圏に投下して、惑星表面を観測するのが目的のプローブだったのですが、衛星軌道上で放出されたので、偶然にも低軌道の人工衛星になったものです。

慣性誘導装置やレーザーレーダー、マルチスペクトルのカメラが搭載された単純な構造なので、姿勢制御機能こそありますが、軌道を修正する能力までは備わっていない。

ただ惑星バスラの状況を監視できる唯一の手段は、この八個のマイクロサテライトしかありません」

「その衛星のデータを回収するために調査隊を送るということですか。しかし、早急な派遣が必要ですか？　ある程度は運用し、データを集めさせてからでもいいのでは？」

マイクロサテライトのデータ回収は、それが重要だからこそ慎重になるべきとアーシマは考えた。だが狼群は続ける。

「マイクロサテライトはギラン・ビーの事故で放出されたため、衛星軌道に乗ってはいますが理想的な軌道とは言えません。非常に偏心した軌道であるため、そこに止《とど》まれる時間はわずかです。我々の分析が正しければ、二週間ですべての衛星が大気圏で燃え尽きます」

「マイクロサテライトが燃え尽きる前にデータを回収しなければならないわけか」

アーシマは考える。

「軽巡一隻を派遣して、データ回収を行うと同時に、探査衛星の投入も行いましょう。この衛星に対してイビスがどのような反応を示すか、あるいは示さないか。それも重要な情報です」

「青鳳は？」

それに対して返答したのは狼群涼狐だった。それには夏艦長も驚いていた。

「青鳳は我々にとって最大の戦力です。状況が不明の中でそれは温存すべきと考えます。軍事的なことはわかりませんが、青鳳に万が一のことがあれば、セラエノ市民の動揺は深刻です。それは避けねばなりませんので。

何より椎名ラパーナはセラエノ市民です。市民の安全に関して責任を負うのが我々なら、最初に動くべきは我々です」

狼群涼狐はそう言い切った。それに対して夏艦長も納得したようだった。

「わかりました。偵察戦艦青鳳はセラエノ政府の判断に従います」

新暦一九九年一〇月一〇日・アクラ市

人口三〇万人のアクラ市で一番高層の建物は、地上五階地下二階のアクラ市庁舎だった。平坦な土地に市庁舎を中心に同心円状に幹線道路が並び、区画整理されているアクラ市は、低層階の住宅が多い。

これは建物のほとんどが、建築用の三次元プリンターで建設されているためだった。個々の建物は施主の要望で間取りは違っていたが、建設機械が同じであるため、都市全体で独特の一体感を形成していた。

ショッピングモールや劇場なども同じように建設されていた。ただ三次元プリンターが伸ばせるアームの高さの関係で、それらの公共施設も高くて四階までだった。市庁舎にしても最上階の五階部分は、地上で作った構造を分解して積み上げるという面倒な作り方をしていた。

モフセン・ザリフはアクラ市の市長であったが、毎日、自宅から市庁舎に通っていた。市内は惑星レアの土着の植物が生い茂り、上空から見れば円形の自然公園のように見えた。確かにレア土着の植物も、緑色の葉を持ち、光合成をして酸素を産生する。

これらの植物は地球のそれと大差ないと言われていたが、惑星レアで生まれ育ったザリフには、そうした話を聞いてもあまり実感はなかった。

アクラ市の建設が始まった当初は、街路樹として地球から持ち込んだ松とか柳などを植えたそうだが、それらは土着植物との生存競争には勝てず、すでに一本も残っていない。アクラ市の緑豊かな光景は、ある意味で、地球植物の敗北の証明でもある。

その時も、ザリフは自宅から市を一周している環状道路を移動しながら、時間をかけて市庁舎に向かっていた。公用車は自動運転であるが、警護役も兼ねた秘書が前席に就いている。ザリフは後部席に一人でいた。遠回りで移動するのは考えごとをするためだ。

地球圏では自動車の大半は低空を飛行するそうだが、植民星系では自動車といえば地面を走る。人口が少ない植民星系で車を飛ばさずとも道路には十分な余裕がある。

それに都市と都市を結ぶ幹線道路は、そのまま通信回線や電力網などのインフラも併設されるので、道路建設は避けられない。住民のほとんどが最初から都市部に居住する植民星系は、効率的な都市設計に基づき移動効率が高いので、昔ながらの自動車でも不都合はなかった。

何より地面を走る自動車なら、植民星系でも製造と整備が容易であり、運用コストは空飛ぶ車よりずっと有利だった。そうしたことからも地球圏と植民星系では都市の景観も違う。

もっともザリフにとっては、それもメディアで仕入れた知識にすぎない。彼にとっては地球圏は仮想空間上の存在と大差ないのだ。

少し前までは、彼はセラエノ星系で生まれ育った初の政府首相となるべく、積極的に動いていた。

いままでセラエノ星系政府首相は、慣習的にラゴス市長が就任する形が続いていた。それはセラエノ星系の特殊事情による。比較的近年になるまでラゴスの人口が惑星レアの人口の九割近くを占めてきた。だから行政機関という点では、ラゴス市の市長もセラエノ政府首相も似たようなものだった。

そもそも最初にラゴスに入植地が建設されたときには、ラゴス市長が政府首班を兼任していたほどだ。しかし、セラエノ星系も入植より歴史を重ね、人口も増大し、都市もラゴスだけではなくアクラが建設された。すでにラゴス一強時代は終わろうとしていた。

むろん一〇〇万都市ラゴスと比較すれば、発展が目覚ましいとはいえアクラの人口は三分の一にも満たない。それでも、拡大したアクラ市もまたセラエノ星系政府に発言力を持つ段階に達したというのが彼の考えだった。

ただザリフ自身はセラエノ星系政府首班になりたいのかと問われれば、それも簡単に返答できる話ではない。確かに立候補しているものの、内心では自分が政府首班の器ではないという不安も大きかった。

たしかに自分はアクラ市の市長であり、市の行政を滞《とどこお》りなく発展させてきたとの自負はある。だが市長だからこそわかることがある。

アクラ市の急激な発展は、セラエノ星系政府の将来的な内陸部開発の布石として、拠点となる都市が必要との政策によるものであり、ザリフは開発計画の愚直な実行者にすぎなかった。

むろん計画を具体化するための人材の組織化や調整作業は誰にでもできる仕事ではなく、やはりそこはザリフの手腕が高く評価されていた。少なくともアクラ市民の支持は高い。

だが開発計画の実行者だからこそ、彼は政府やそれを支えるラゴス市の行政能力の高さに劣等感さえ抱いていた。

なぜ彼らは高い政策立案能力を持っているのか？　それはラゴス市や政府関係者の大半が地球圏で高度な専門知識を身につけ、それにより惑星レアの開発計画を立案できるからに他ならない。

しかし、自分たちの都市計画は、住んでいる人間に主導権を渡すべきというのが彼の信念だった。なぜならそれこそが本来の自治ではないか。住民が主体的に選択した結果であるなら、それによる失敗さえも構わないとザリフは考えていた。

惑星レアで生まれ育ち、ここが「大きな基地」レベルの場所だった頃から三〇万都市へと成長する過程は、まさにザリフの人生そのものだった。

アクラ市の幹部職員の中には、ザリフとともに建設現場で働きながら学費を稼いだものも少なくない。そこはラゴス市の職員との大きな違いだろう。

その経験から感じるのは、自分は現場の人間ということだ。大局的に市の将来を考えるようなことは不得意だ。しかし、自分の強みはまさにそこにあった。

自分が至らない人間だから、自分より優る人間がわかる。学費を稼いだ工事現場から、ラゴス市庁までそれは続いている。

自分が首相になったところで、アーシマ首相ほどの見識も教養もない。それはわかっている。

しかし、自分がセラエノ星系政府首相となれば、惑星レアで苦楽を共にした自分より優秀な人たち、つまりはこの惑星レアを郷里とする人たちを、計画を命じられる立場から、計画を立案する立場にすることができる。

別に政府内にアクラ派閥を作ろうという話ではない。むしろ逆だ。「地球留学組」により意思決定が行われている現状を、自分たちの参画により解消するのだ。

そうした改革が成功したならば、ザリフ自身の才覚など小さな問題だ。閣僚が自分よりも優秀なら、行政機構は機能する。

彼はそのことに少しの疑念も抱いていなかった、そう、三週間前までは。

先月の九月二〇日、アーシマ首相はメディアを通じて惑星レアの全市民に対して、セラエノ星系はアイレム星系以外にワープすることができず、地球圏からの宇宙船もワープしてこられない状況にあることを明らかにした。

この重大な情報は、セラエノ星系政府のみの極秘事項であったらしい。それはアクラ市長のザリフだけでなく、ラゴス市長の哲秀《てつしゅう》も知らされていなかったからだ。

ザリフは他の一般市民同様にアーシマの発言でこのことを知った。彼はこの時点で、政府とラゴス市長の間だけは情報共有がなされていると思っていた。ラゴスは首都であり、政府との特別な関係があっても不思議はない。

だから最初、ザリフは哲秀のもとに連絡を入れた。ラゴス市長とアクラ市長の連名で、政府支持の意思表示を図ろうとしたのである。それによりアクラ市が形の上でもラゴス市に出遅れないようにするためだ。また哲秀経由で情報を集める意図もある。アーシマ首相の元腹心とはいえ、彼女に比べて哲秀は情報管理に関してかなり脇が甘い。

ところが政府発表の内容は、哲秀にとっても青天の霹靂《へきれき》であったらしい。通常は政府と首都の間に情報共有があっただけに、ワープ不能問題という重要案件については何も知らされていないことに彼は激しく取り乱していた。

通話相手の哲秀の混乱ぶりは、とても演技とは思えず、さらに話し合いができる状態ではないと判断してザリフは通話を切った。そして独自の判断で、政府支持をいち早く表明した。

アーシマに対するザリフの見方が変わってきたのは、この時からだろう。最初は単純に哲秀の脇の甘さから重要情報を共有しなかったのだと思っていた。

だが状況を冷静に考えてみると、そうではないことがわかってきた。アーシマはワープ不能という前例のない事態に、政府首班として責任を負う覚悟で、哲秀とも情報共有をしていなかったのだ。

哲秀が何も知らされていないのなら、アーシマが失脚したとしても、後継者は無傷でいられる。そしてその後継者の中には自分も含まれる。

哲秀とザリフを同列に扱うというのは、そういうことだろう。アーシマが自分を嫌っているのはわかっている。しかし、同時に好悪《こうお》に流されないのもアーシマの強さだ。先が読めない状況で、後継者候補が一名だけより二名にするほうが安全である。それくらいの計算は彼女ならするだろう。

そうしたことを考えている中で、ザリフは首相選挙への出馬を取りやめることも検討していた。地球圏との交流が完全に遮断されたとしたら、セラエノ組と地球留学組の権力闘争など無意味だ。ザリフは現場の人だからこそ、セラエノ星系の孤立化の影響を現場視点で考えることができた。

だからこそ、セラエノ星系全体を俯瞰した視点で考えられるアーシマとそのスタッフのようなチームが必要だ。このためザリフは、必要ならアーシマの再選支持も考えていた。だが、この考えはまだ妻のファトマ・シンクレアにしか明かしていない。出馬に関しては、自分だけの利害関係では済まないためだ。

さすがに支持者たちも地球圏との断絶という事態の意味がわからないほど馬鹿ではないだろう。とはいえ何事も手順というものがある。

さらにこんな事態だからこそ、ザリフに出馬を勧める人間もいないではない。そうしたことも含め、彼は真意を明かすタイミングを探っていたのである。

環状線から市庁舎に通じる直線道路に入った時、後部席と前席を仕切る透明ガラスに映像が現れる。ザリフと五歳しか違わないのに細身で長い髪を後ろに束ねた姿は三〇代にしか見えず、それでいて貫禄は年齢相応にある女性。それはキャサリン・シンクレア、アクラ商工会議所ラゴス支所長だった。

「義兄さん、首相選やめるんだって?」

商工会議所はアクラ市にある中小企業主の団体だ。セラエノ星系の企業体に大企業はなく、中小企業ばかりだが、アクラ市の場合は、家族経営規模の零細な企業体がほとんどだった。

これらの零細企業は、単独で仕事を受けることもあるが、多くは一つのプロジェクトのために複数の企業が集結してチームを編成し、プロジェクトが終わればチームも解散する。これはセラエノ星系だけでなく、植民星系の企業体は大なり小なりこうした形態をとる。

このため零細企業体のチーム編成のマネジメントだけに専念する企業や、企業間の情報伝達の最適化に専念する企業さえある。

商工会議所はアクラ市議会と等価ではないが、ほぼ同等の政治力を有していた。

ちなみにアクラ商工会議所の代表である頭取は、妻のファトマ・シンクレアである。その妹が頭取の懐刀としてラゴス市内に商工会議所の支所を構えている形だ。

これは、ザリフが市長の立場を利用して妻を商工会議所の頭取に据えたのではない。商工会議所の会員で建築業に携《たずさ》わっていたザリフがシンクレア姉妹のメガネにかない、市長候補に推薦されたのだ。

最初の市長選は落選、二度目で当選となったが、それまでの選挙運動を共に戦う中で、ファトマとザリフは互いを生涯のパートナーに選んだのであった。

「ファトマにはまだ他言無用と言ってたんだがな」

「私は別ですよ」

「で、出馬辞退を止めようという連絡か？」

商工会議所を辣腕で運営するシンクレア姉妹ではあるが、ファトマとキャサリンでは性格がかなり違う。周囲からは「守りのファトマ、攻めのキャサリン」とも称されている。このためザリフの出馬辞退をファトマは賢明な判断と理解してくれたが、キャサリンがどう言ってくるか、それが彼にとって一番の懸念だった。

「昨夜まではそのつもりだったけど、いまは違う。辞退が正解だと思う」

「そうか……何があった？」

義妹は頑固者ではなかったが、根拠もなしに考えを変えるような人物でもない。それが考えを一八〇度転換するからには、相当のことがなければならない。

「偵察戦艦青鳳とか工作艦明石がアイレム星系の調査に行ったのは知ってる？」

「地球圏とのワープが本当に途絶したのか確認するためだと聞いてるが、違うのか？」

どうもザリフには義妹の話が見えない。

「間違いじゃないけど、さらにもう一つの目的があった。どうやって知ったかは省略する。結論だけいうとね、アイレム星系の惑星バスラには文明がある。人類の文明じゃなくて、それ以外の知性体の文明。はっきりしないけど、調査の過程で犠牲者も出たらしい。青鳳と明石は大急ぎで戻ってきて、データを分析しているところ。

地球圏とのワープが不能となっただけなら、義兄の首相就任も選択肢としてありと思っていたけど、加えて人類外文明の存在となったら、首相になるなんて火中の栗を拾うようなものでしょ。

義兄も知ってると思うけど、こっちではマネジメント・コンビナートが立ち上がった。うちの支所もメンバーに入ったけど、下手をすると政府機関そのものが解体される可能性もある。ここは下手に動かないほうがいい」

しかしザリフは、キャサリンの言葉に別のことを考えた。

「俺たちがここで生きていくためには、もうアクラとラゴスが一つにならんとダメだな。アーシマに続投してもらうか」

「続投って、本人は一期で辞めるって言ってるし、どうするの？」

「俺が辞退して、哲秀も立候補しなければ、アーシマも続投せざるを得まい。彼女は責任を放棄するような人間ではない」

「義兄がアーシマを褒《ほ》めるとは意外だね」

「俺が変えようとしているのは、アーシマ個人ではなくて、彼女に代表される体制だ。しかし、その必要はもうないだろう。地球圏と交流できず、未知の文明と遭遇した。この状況で体制は変わらずにはいられまい」

「で、私はどう動いたらいい？」

「マネジメント・コンビナートの立ち上げがアイレム星系の文明探査と連動したものであるなら、まず商工会議所を中心にアクラ市もマネジメント・コンビナートを立ち上げ、ラゴスのそれと協同する必要がある。ファトマと連絡して、それを頼む。最初の想定とは違った形だが、我々の求める体制変革はそこから始まるかもしれん」

「わかった。それとこちらからラゴスに仕掛けることは何かある？」

キャサリンはいつものように臨戦態勢だ。

「哲秀と会見する段取りをつけてくれないか。奴には立候補を断念させる」

新暦一九九年一〇月一〇日・工作艦明石

「現時点で判明している事実を公開する」

乗員たちは艦長である狼群涼狐の次の言葉を待っていた。工作艦明石の艦内で、乗員全員が集まれる場所は工作部の格納庫の中だった。小型宇宙船なら艦内に収容して修理できるだけの容積がある。

一般的なクレスタ級輸送艦の乗員は一五〇から二〇〇名だが、明石は宇宙船の運用に一〇〇、工作部に三〇〇の合計四〇〇名ほどの乗員がいた。その全員が、艦内システムを介してではなく、肉声で涼狐の言葉を待っている。

「あくまでも客観的な事実関係であり、願望などは含めていない。

な組の組長である椎名ラパーナの操縦するギラン・ビーは、イビスの宇宙船との接触により分解した。それはここにいる全員が知っているだろう」

格納庫内には寂として声もない。

「我々はギラン・ビーの分解の状況を画像データやテレメトリー情報から解析し、何が起きたかを再現しようとしてきた。

イビスの宇宙船が作り出す磁場とギラン・ビーの機関部の干渉という説が有力だ。つまり現状、我々が有する情報の範囲で明らかなのは、イビスが意図してギラン・ビーを分解した可能性は極めて低いということだ。

ここまでは、よろしいか？」

涼狐は乗員たち全員に視線を走らせる。そして続ける。

「ここで乗員諸君にギラン・ビーの構造について再度確認しておきたい。ギラン・ビーは過度の負担を受けた場合、機体が分解することで機関部にかかるはずの負荷を逃す構造になっていた。機関部が無事でエネルギーさえ確保できれば、確保できなかった場合と比較して生存率はずっと高くなるという理屈です。

そして今回もこの機構が働いた。ギラン・ビーの左右の構造は千切れましたけど、機関部を有する本体は破壊の影響を受けていない。

傍受できた最後のテレメトリー情報によれば、本体は空気の漏出もなければ、電力喪失もなく、強い加速度はかかったものの、生命に影響を及ぼすほどではない。

したがって無傷ではないとしても、椎名ラパーナはいまも生存している可能性が高い。少なくとも死亡したと判断できる証拠はない」

その言葉に、椎名のスタッフである「な組」の面々を中心にざわめきが起こる。

「椎名組長は生きていると？」

椎名の片腕である河瀬《かわせ》康弘《やすひろ》が涼狐に挑むように質問する。

「生死は不明だ。イビスの宇宙船に回収されたが、そこから先についてはわかっていない。だが、惑星バスラのどこかにいるのは間違いないだろう。状況証拠からイビスは地下都市に住んでいる可能性もある。

つまり死亡が確認されない限り、我々は椎名が生存しているとの前提で活動する。以上のことから私は政府に対して、椎名を救出するための危機管理委員会の設置を要求するつもりだ」

乗員たちの反応はさまざまだった。喝采する者もいたが、大半はすぐに涼狐の話が持つ問題に気がついていた。

「艦長、組長が生きているとして、どうやって救出するんですか？　危機管理委員会がそれをやるんで？」

河瀬が尋ねるが、それは他の乗員たちも気がついたところだ。椎名組長の救出は確かに重要な問題だ。しかし、セラエノ星系は地球圏との交通途絶という大問題を抱えている。いまやネジ一本さえ無駄にできない状況なのに、椎名救出を行うためのリソースをどうやって確保するのか？

「これを、椎名をどう救出するかという問題と捉えるのは間違っている。

外部からの支援が一切期待できない状況で、我々はイビスと如何に対峙するか？　この課題を解決する中で、椎名の救出というプロジェクトは進められる。だから乏しい資源を椎名救出のためだけに投入するということはない。彼女の救出に投入した人材や機材は、イビスとのコンタクトのための投資と解釈されるべきものだ」

「それを政府に提案するというんですか？」

「そうだ、我々も危機管理委員会のメンバーになるからな」

新暦一九九年一〇月一〇日・首都ラゴス

「綺麗な街だな……」

輸送艦津軽の艦長である西園寺恭介《さいおんじきようすけ》は、アイレム星系から戻ってすぐ、首都ラゴスに許可を得て降りると、自動車を使わずに歩いていた。

そこがどんな社会であるのかは、街を歩けば見えてくるからだ。イビスとの遭遇が起きてまだ日が浅いというのに、彼だけラゴスでの行動が許されたのは、津軽の乗員たちをセラエノ市民に帰属させることを、セラエノ星系政府に打診していたためだ。もちろん直接にではなく、夏艦長を介してだ。

艦長として部下を説得するために、街の様子を体感したいと申し入れた時、夏艦長からは拍子抜けするほど簡単に許可が下りた。

イビスについての情報を口外しないことだけはきつく念を押されたが、それは当然のことだろう。さすがに西園寺とて、その程度の分別はある。

現実の問題として、津軽の乗員たちをセラエノ星系市民にすることは簡単ではない。地球圏との交流が途絶えることが家族との関係が途切れることを意味する乗員も少なくない。そのことに気持ちの整理をつけなければ、セラエノ星系での新生活は始められない。

それができたとしても、生活の糧をどうやって確保するのか？　それはセラエノ星系においていかに社会参加するかという問題でもある。正直、どうすべきなのかいまもよくわからない。だからこそヒントを求めてここにやってきたのだ。

ただ夏艦長も無条件で許可を出したわけではなかった。

「首都ラゴスにマネジメント・コンビナートという施設が建設された。どういう施設かの説明を政府から受けはしたが、いまひとつ腑に落ちない。だからそれがどんなものなのか、西園寺艦長の視点で報告してほしい」

つまり街を歩いてみたいという西園寺の要求が認められたというより、その行動が夏艦長の思惑と一致したということだろう。

正直、市内を歩いてみたいと言っておきながら、マネジメント・コンビナートについては存在はおろか、名称さえ夏艦長から聞くまで知らなかった。それでも夏艦長は構わないという。むしろ先入観抜きに観察し、報告せよという。

西園寺は職業柄、六〇近くある植民星系をほぼ回っていた。もちろん艦長になってからは、いわゆる「ドル箱路線」ばかりを航行していたが、下積み時代には割に合わない航路の輸送艦にも乗っていたためだ。

だから街を歩けば、それがどんな社会なのかある程度はわかる。たとえば街全体が薄汚ければ市民のモラルか、行政サービスの水準のどちらか、あるいは両方が低い。

権威主義的な政治体制では、街が綺麗な場合でも、極度の貧困でゴミさえも出ないというところもあった。あるいは他星系からの人間は行動制限が課せられ、特定の都市から外へは出られないというところもある。そういう都市は、ショーウインドウ的に清潔だが、そこを一歩出ると不潔な街並みに一変する。そうした惑星では衛星軌道から地上を観測することさえ禁じられていた。

もっとも、先にあげたような権威主義的でモラルの低い星系を西園寺が訪れたのはかなり昔で、その後に権威主義的な体制が崩壊し、社会の様子もかなり変わったと聞いている。ただ、どう変わったのかまでは西園寺も知らない。

しかし、植民星系だけでなく地球圏でも多いのは、同じ都市の中で清潔なエリアと不潔なエリアが混在している形だ。同じ都市なのに、幹線道を一つ跨《また》いだだけで、地域の景観がまるで違うことは珍しくない。

どちらが先かはわからないが、同じ都市でも住居費が安い地域には貧困層が集まり、そうでないところに富裕層が集まる。それが前者では不動産価値を下げ、後者では上げる。

このサイクルの繰り返しにより、住む場所で人々が分断される。

だがセラエノ星系は、西園寺の知る植民星系の中では例外的に都市部のそうした格差がない。首都ラゴスと地方都市のアクラでは街並みの違いはあるが、どちらにもスラム街もなければ高級住宅街もない。

街も全般的に清潔だ。これは総人口が一五〇万人程度の社会だから、こうした格差の少ない微妙な均衡が保たれているのだとも解釈できる。だから一〇〇年後には違った景観を示すのかもしれない。

しかし、それでもいま現在のセラエノ星系の有り様は、西園寺には住みやすい環境に思えた。星系によっては、他星系からの人間が帰化することに偏見を抱いているようなところもある。特に地球圏からの帰化人には反感が強い傾向があった。だがそうした偏見もまたセラエノ星系には少ないようだ。これは入植からの歴史が比較的新しいことも関係しているのかもしれない。

「ここか……」

低層階の建物が多い街なので、ランドマークになるのはラゴスタワーと市庁舎くらいしかない。この二つの建物の見え方の違いで、自分がどこにいるのかをパーソナルエージェントの助けを借りずとも把握できただろう。むろん西園寺はエージェントを切るようなことはせず、網膜に投影される指示に従って歩いていたが。

夏艦長に訪ねるように言われたマネジメント・コンビナートは、路地を抜けると突然視界の中に現れた。建物の差し渡しは一〇〇メートル以上あるのだが、ほとんどが一階という平坦な建物であったためだ。

ただどうやら施設の拡張は行われているようで、屋上では三次元プリンターが二階部分を増築している最中だった。

入口に受付などはなかったが、施設の管理AIが西園寺のエージェントとやりとりを行ったのだろう。エージェントはどこまでの個人情報を公開するかを尋ねてきた。視界にはチェック項目が一〇ほど並んでいる。

西園寺はどこまで公開するか迷った。エージェントによる個人情報公開はありふれた機能ではあったが、どのような状況で、どこまで公開するかは難しい問題だ。

西園寺としては、ワープ不能という状況で、輸送艦の艦長というような個人情報は開示したくない。ただ個人情報を絞り込むと、それが却《かえ》って目立ってしまう。さらにどこの星系にも一定数は、公開される個人情報の少ない人間を見つけ出して、強引に公開させようとする輩《やから》もいる。ある種の平等主義によるもので、自分が公開しているのと同等の個人情報は他人も公開すべきという考えだ。社会における公正さを考えず、ともかく機械的に平等にしたがる人種である。

なのでトラブル回避のためには、周囲の人間と同等くらいには公開範囲を広げておく。生年月日とか血液型とか、当たり障りのない範囲だ。ただ地球圏の出身であることは伏せておく。ワープが不能となったいま、変な同情を受けるくらいならまだしも、やり場のない怒りを自分に向けてくる奴がいないとも限らない。

マネジメント・コンビナートの内部の印象を西園寺なりに解釈すれば、一番近いのはいくつかの星系でいまも残る自由市場だった。

一言でいえば雑多な集団だ。テーブルを囲んで何かを議論している集団もあれば、床にシートを敷いてお茶か何かを飲みながら談笑している一団がいる。そしてそれらは別々の集団かと思えばそうでもなく、必要に応じてメンバーが入れ替わっていたりする。

時間的に早い昼食を摂《と》る市民も多く、そうした市民にランチを提供している業者もいる。しかし、その業者もまた何かの議論に関わっているし、場所によっては業者同士が一つのグループを作っていたりする。

ただ壁に寄り添って全体を眺めている西園寺は、この自由市場のような団体が、乱雑に集まっているわけではないことに気がついた。

それは、いくつかの会議で目にした首相の秘書のハンナ・マオの姿が見えたからだ。彼女は他にスタッフを四人ほど伴っていた。

そして雑然とした集団に見えたものも、よく見るとグループとグループの間を順番に移動している人間が、西園寺の視界の範囲でも数名は認められた。

どうやら一つのグループで出た何かの結論を次のグループに提供し、議論や検討がなされ、その結論が次のグループへ同じ人物によって持ち込まれているように見えた。時には同じ人物が、先ほどとは逆の流れで移動してもいた。

たとえば食糧生産から始まった議論の中で、海洋資源の活用という起案があった。ただ起案者は海洋にも漁業にも素人であった。そこですぐに漁業の専門家に議論への参加が要請された。その中で漁業で得られる魚の種類から調理法を議論するブランチが派生し、さらに漁船の生産に関するブランチからは、鉄鋼生産を議論するグループへと参加要請が行われた。

つまりここでは一つの議題を論じるというより、議題が内包する要素を分析し、そこから他分野に関わる要素は互いに連携するという形で、一つの問題が関連する部門に情報を送り、そうしたネットワークが生まれることで、全体の調整が自動的になされるようだった。

西園寺がそこで思い出したのは、細胞内部でのタンパク質の合成だ。ＲＮＡがＤＮＡから情報を運び、その情報に基づいてアミノ酸からタンパク質が合成される。

DNAが政府方針の類《たぐ》いとすると、このマネジメント・コンビナートはさながらタンパク質を合成するリボソームのようなものか。この場合、タンパク質は具体的な政策案なり法案とでもなるのだろう。そうなるとグループ間を移動していた人間たちは、情報伝達を行うRNA的な存在となる。ハンナたちは、そうした議論の成果を持ち帰るのだろう。

ただマネジメント・コンビナートは単純な上意下達の組織ではないらしい。それはRNAの働きをする人物が、逆方向にも移動して、議論の流れを作り出していたためだ。

生物には逆転写酵素というRNAの情報からDNAを合成するものがあるが、どうやら政府の要求から政策のための議論が始まったとしても、その結論によっては政府に対して方針の変更を要求することもあるようだ。

細胞内の生命活動のプロセスとマネジメント・コンビナートを同列に扱うのが適切かどうかは、科学者ではない西園寺にも自信はない。ただ、自分の解釈はそれほど大きく間違ってはいないという予感はあった。

何十億年もの進化を繰り返してきた生物の構造は、完全ではないとしても非常に効率的にできている。地球圏と交通が途絶したセラエノ星系で、市民による社会運営を可能な限り効率的に行わねばならないとした時、それが細胞内の活動と似たものになるのは彼には当然のことと思われた。

「失礼ですが、輸送艦津軽の西園寺艦長ではありませんか？」

そう声をかけられた時、西園寺は突然のことで飛び上がりそうになった。それは三〇代くらいの女性だったが、どんな容姿なのかを理解するよりも先に、彼女の存在感に圧倒された。その印象を率直に述べるなら、狼の女王だろうか。彼女の前では自分は兎にでもなったような錯覚に陥る。

彼女の公開情報を西園寺のエージェントが解読する。キャサリン・シンクレア、アクラ市商工会議所ラゴス支所長とあり、その他にも多くの情報が公開されていた。そして西園寺よりも歳上だった。

家族構成まで公開されているというのはあまりにも無防備すぎると西園寺も最初は考えた。だがそうではないらしい。キャサリンが無防備なのではなく、彼女についてこの程度の情報はみんな知っているのだろう。

それよりも西園寺が津軽の艦長であることをキャサリンが知っていることに驚いた。エージェントに確認させても、それらの個人情報は公開されていない。

「いかにも西園寺ですが、なぜ私が津軽の艦長だと？」

そう言うと、キャサリンは不審そうな表情を向けた。

「なぜって……艦長はメディアの有名人ですよ。アイレム星系に初めてワープした宇宙船の艦長なんですから。

私も似た人がいるとは思いましたが、名前まで一致するのは本人としか思えません」

それには西園寺も驚いた。いままでずっと軌道上で生活していたため、ラゴスやアクラのメディアに流れるプログラムなどまったく観ていなかったからだ。ワープ不能問題の当事者は自分たちであり、地上の市民は何も知らないし、助けにもならないと思っていた。だから地上のメディアなど端《はな》から無視していたのである。よもや自分が有名人とは……。

「西園寺艦長がこちらにいらしているということは、輸送艦津軽はセラエノ星系に帰属すると解釈してよろしいですね」

「はい、そうです」

兎は素直に、狼に本心を明かした。

「だとしたら、乗員の方々の生活設計や社会的な立場について、私たちがご協力できると思います」

キャサリンの話は西園寺にとっては願ってもないものだった。むろん何某《なにがし》かの見返りは期待されているのだろうが、それは条件次第だ。彼女との条件が折り合わなかったとしても、セラエノ星系社会について多くのことを知ることができるだろう。

「しかし、そうした協力を得るためには我々も相応の仕事をしなければならないわけですか」

キャサリンは楽しそうに頷く。

「はい、どういう形かわかりませんけど、きっとお力を借りると思いますわ。少しばかり革命を予定してますので」

3　エツ・ガロウ

睡眠時間と食事の回数から、椎名はイビスに救助されてから、ほぼ一週間近い時間が経過したと判断した。だから自分の考えが正しければ、今日は一〇月一五日であるはずだった。

この一週間ほどの変化はさほどない。椎名の世話をする円柱形のロボットはポポフという名前だった。むろんイビスたちには別の呼び方があるのだろうが、人間に発音できないなら、適当に名前を割り振るしかないのだろう。

最初はイビス言語の学習のつもりでいたが、冷静に考えたならそれは違う。自分に彼らの言葉を話せるわけではない。それが発声器官の問題なら、イビスもまた人類の言葉を話せない。

だからここでやっているのは、イビス側から人類側に寄った形での人工言語の構築なのだ。それもあってか当初は急速に進んでいたように見えた単語の学習も、いまは停滞気味だった。

椎名はほぼ一日寝たままの状態であるし、彼女が収容されているらしい医務室での単語学習にも限界があった。身振り手振りなどのボディランゲージが意思の疎通に非常に大きな効果があったのだが、骨折で手足が動かせないとなると、それはかなりの制約となった。

イビス側も修理したギラン・ビーを見せてくれたのだが、これはこれでイエス・ノー中心の会話では共通理解を構築するには限度があった。

開発責任者として椎名は、ギラン・ビーなら全体の構造から金属部材の組成だって説明できる自信はあるが、それも人間相手の話だ。共通する知識の少ない状況では、ボタンの説明一つとっても難しい。機能の説明はかなり複雑な話になるし、ボタンの押し方だって、二つ同時に押すようなものもある。

そもそもボタンは、操縦者のパーソナルエージェント機能が使えないような非常事態で使用するもので、普段は使わない。だからボタンにはカバーがかけてある。それを限られた語彙《ごい》で説明するのは一週間程度では不可能に近い。

別の理由としては、イビスが椎名との意思の疎通に費やす時間が比較的限られていたことだ。イビス側が次のプログラムを検討しているからかもしれないし、単純に負傷している椎名の体調を気遣っての可能性もある。

これに関係があるのか、ここ数日はイビスの会話のやり方も変わってきていた。たとえばいままでは、鉛筆をピピス、ドライバーをベリアと呼ぶように、独自の呼称を作り上げようとしていた。

だがいまはイビスたちも、鉛筆をエンピツ、ドライバーはドライバーと、これまで別の発音で呼んでいた単語についても人間の呼び方に合わせるようになっていた。独自言語の構築は複雑すぎるので、より容易な方向に軌道修正したのかもしれない。

椎名にとって、この方針転換は重要な事実を意味しているように思われた。一週間もしないうちに大きな方針転換があるというのは、人類にとってそうであるように、イビスにとっても人類は初めての異質な知性体なのではないか。

イビスにもこうしたコンタクトの経験が乏しいからこそ、意思の疎通に試行錯誤を必要とするのだろう。ただ彼らが一貫して椎名とのコミュニケーションの改善に取り組んでいることだけは間違いなかった。

これと関係するのか、イビスは椎名に対して積極的な医療行為も続けていた。彼らの正体は不明ではあるが、医療技術は人間にも有効であった。骨折の具合は明らかに改善している。昨日にはギブスが交換された。

それはプラスチック製の軽量なものだったが、損傷部位を確実に保持しながら、関節の自由度はかなり高かった。じっさい腕はほぼ自由に動くし、歩行にしても室内を移動する程度なら問題はない。

どうやら単純に硬化プラスチックでできているのではなく、筋電位を察知してプラスチックの硬度が変化するという、見た目以上に複雑な構造が織り込んであるようだった。

それでもベッドから降りた時には、筋力の衰えは感じた。ベッドは筋力を維持するために負荷がかかるような構造ではあったが、それはイビスに合わせてあるためか、完璧ではなかった。

これと同時に壁のモニターのグラフはすべて直線となった。ベッドが身体の電位を計測していたのはこれで確認できた。

室内を歩けるというのは、体験としては大きかった。見慣れている病室も、歩いてみるとベッドからは見えなかったものが色々と見えてくる。

人間の病院なら壁際に引き出しがあり、必要な道具類が収納されていたが、彼女がいる部屋にはそんなものはなかった。必要なものはすべてポポフの内部に収められているのだろう。

イビスの立場で考えれば、得体の知れない人類という存在に対して、不用意に自分たちの道具を渡すのは危険と判断されたのかもしれない。

それよりも椎名は全裸で歩きながら、このギブスのことを考えていた。サイズがぴったりなのは、彼女の寸法に合わせたのだろう。それは別に不思議ではない。

不思議なのは、ギブスが高性能であるだけでなく、器具として洗練されていることだ。ベッドをはじめとしてイビスが椎名に提供している医療機器は、彼らの道具を人間用に改造したものらしい。

そうした中には胃への挿管のような、そこまで洗練されているようには見えないものもある。

このギブスもイビスたちの医療器具の改造であるならば、彼らにとってギブスは洗練された道具である必要があったのではないか？　つまりイビスの骨格は、比較的骨折を起こしやすいのだ。だからこそこうした道具が進歩する。

未だに姿形を直接目にしてはいないが、イビスとて進化によって現在の形になっているのだろう。しかし、骨折が生存に有利な進化とは考えにくい。おそらくはイビス文明の発達が、生物としてのイビスの生態と、文明化した生活環境とに、何らかの乖離《かいり》を生じているためではないか？

人類とて飢餓環境に適応するような進化のために、技術文明を築いてしばらくは糖尿病などの生活習慣病に悩まされてきたではないか。

ポポフは室内を移動する椎名の後ろをついて回っていたが、特に言葉を発するではなかった。それでも自分を観察しているというのは感じられた。

そして壁の凹みにあったためにベッドからは死角になっていたが、右側の壁の中央にドアがあった。それは椎名が前に立つと、音もなくスライドした。

ドアの向こうは、椎名が収容されていた医務室と同じ大きさの部屋があった。やはり窓はなく、椎名が立っているドアと向き合うように反対側の壁にもドアがある。彼女はそのドアにも歩いてみたが、こちらは彼女が前に立っても開かなかった。

改めてこの部屋を見ると、医務室のベッドが置かれているあたりに、一メートル四方のテーブルが置かれていた。素材はプラスチックの類《たぐい》と思われた。

しかし、それ以上に驚くべきは、テーブルの上にギラン・ビーに積んでいたレーションパックがあったことだ。そしてテーブルの下には着衣がある。それは椎名が操縦していた時に着ていたもので、洗濯されているようだった。

ただ洗濯物を畳むという概念がないのか、畳み方がわからないのか、皺《しわ》などお構いなく、床にばら撒かれていた。ポポフが観察しているのは気になったが、下着から順番に身につける。

着衣を終えると、ポポフが立体映像を表示する。それは床に散らばる着衣の光景だ。

「ヘス」

ポポフが言う。ヘスとは、椎名との間で了解が成り立っている「名前」の意味だ。最近は、ポポフとの会話もかなり簡略化され、椎名に物の名前を尋ねるときは、単にヘスとだけ言うようになっていた。

椎名は促されるままに下着から上着まで、それらの名前を発音し、ポポフがそれを復唱することが続いた。さらに椎名が一連の動作をする映像も再現される。そしてポポフはここでもヘスと尋ねる。

どうやらいままでの一連の動作を何と呼ぶのかと尋ねているらしい。小さな動作の連続を、人類はどう表現するのかを確認したいのだろう。

「服を着る」

少し前ならこれに肯定を意味するピルンという単語を最後に付与していたが、すでにそれなしでも会話は成立するようになっていた。

ポポフはここで映像を逆再生し始めた。服を着終わったところから、全裸になるまでを映像で再生する。そして再びヘスと問う。

これにしても「裸になる」とか、表現は幾つか考えられるが、この状況で最適なのは一つだろう。

「服を脱ぐ」

ポポフは先ほどと同じように、このような形で基本的な文型を学んだ。そしてポポフは次の段階に進む。

「椎名　食事」

そうしてポポフは、シリンダー型の胴体から机の上のレーションに腕を伸ばして示す。どうやらいままで提供した流動食ではなく、固形物を食べろということらしい。よくわからないが、イビスは医務室ではなくこの部屋で食事をさせることに意味があるらしい。なので椎名はこの部屋を食堂と呼ぶことにした。

イビスが人類に関する情報を着々と収集している中で、椎名は彼らの姿さえ見ていない。ただ彼女もここまでの生活で、イビスについていくつもの仮説を立てることはできた。

それもあっていまはポポフに従い、意思疎通の改善を急ぐことにしていた。力関係は圧倒的にイビスが優位にあるだけでなく、現状ではこちら側の要求を伝えることもできないからだ。

宇宙船の技術は昔と比較して大きく進歩しているが、レーションの類はほとんど変わらない。それを摂取する人間という存在が何万年も進化していないのだから当然だろう。それに人間というのは、思った以上に食事には保守的だ。

地球圏をはじめとして、植民星系でも安価な流動食のような完全食がそれなりに普及しているのは事実だ。ただ人間の消化器官や脳神経系の健康などを加味すると、嚙むという動作も重要であった。これは特に筋力が衰えがちな宇宙船の乗員には重要な問題であり、程度によるが宇宙船のレーションは嚙むことが重視されていた。

ギラン・ビーの場合は、無重力空間での作業の合間に居住区で食事を済ませるという特性から、短時間で必要カロリーを摂取できる高カロリー食が多かった。

目の前のレーションも、主食となるのがビスケットで、これにパックに入ったピーナッツバターと肉パテ。どちらもパックからそのまま塗る形だ。それにキャンディが付属していた。キャンディはお湯に溶かせば砂糖入りの紅茶になる。状況によりどちらの方法も選択できた。

イビスはどうやらレーションを研究し、椎名の代謝の観察から、水が必要と判断したのか、透明のフラスコに五〇〇ミリリットルほどの水も用意されていた。

椎名はレーションの密閉袋を手に取る。特に膨らんでも凹んでもいないのは、室内が一気圧に保たれているためだろう。

それを確認しつつ、袋を開き、中のものを取り出す。

「ビスケット、ピーナッツバター、パテ、キャンディ」

どうせ名前を訊かれるはずなので、椎名は先回りして名前を呼びながら、それを並べた。そして最後にフラスコを示して「水」と呼ぶ。

そうして「食事をする」と宣言したのちに、「ビスケットを食べる」とか「パテを舐める」など動作を説明しながら、食事を進める。予想通り、そうして説明しているとポポフは質問をしてこない。

そしてキャンディだけを残したのちに、彼女はフラスコにキャンディを投じて、振る。それが溶けたのを確認して、宣言する。

「デザート」

そうして彼女は、水に溶かしたぬるい紅茶を飲み始める。

「キャンディ　ピルン　ファルン」

ポポフはここでやっと質問を始めた。それに対して椎名は言う。

「キャンディ　ピルン」

「デザート　ピルン　ファルン」

「デザート　ピルン」

キャンディは、キャンディでありデザートである。つまり一つの物に状況により異なる名前と意味が生じることがある。もちろんそれ以上の説明はしないし、そもそもいまの椎名には言葉で説明できそうにない。

ただイビスにもこのような、同じ物の呼び方が状況によって変わるような事例はあるだろうから、そこは彼らに考えてもらうよりないだろう。

もしも彼らがそれに成功したら、今後の意思疎通はかなり楽になる。ここでパーソナルエージェントが機能したら強力なツールとなるはずだが、イビスの管理下ではそれへのアクセスは期待できない。

「いや、できる！」

椎名は叫んだ。ポポフはそれに反応しようとして動きかけたが、目立った動きは見せなかった。背後でロボットを操作しているイビスの判断ではないかと椎名は思った。

そして椎名はポポフと間合いを詰めて、真正面からゆっくりと話す。

「鉛筆　ここ」

そしてテーブルを指差した。

「鉛筆　ここ」

ポポフもその言葉と動作を再現する。ポポフはそれ以上の動きを見せなかった。ただ鉛筆をここに持ってこいという自分の欲求は、いままでの単語のやり取りから考えれば伝わっているはずだ。

ポポフはそこから医務室の方に移動する。椎名はその後に従った。そして彼女が食堂から出ると、ドアが閉まる。医務室に戻ったもののポポフに動く気配はない。

椎名はイビスとのコミュニケーションをできるだけ早く円滑にするために、言葉は不用意に発しないようにしていた。

意味がわからなくても多くの単語を発すべきという考え方もあるとは思うが、それでも相手は人間とは異なる生物だ。「おい！」とか「あっ」という発声に対して、どのような反応や解釈をするかわからない。そのために相互理解が遠回りを強いられる可能性があるなら、椎名は必要以上の単語は口にしないように努めてきた。

しかし、鉛筆を要求しているのに部屋を移動するだけで動かないポポフには、さすがの椎名も一言いってやりたくなった。だがポポフは再び動き出し、先ほどの食堂に戻って行く。椎名もそれに従うと、レーションは片づけられ、代わりにギラン・ビーの備品である鉛筆と、見慣れない紙のようなものが置いてある。椎名が移動している間に何者かが用意してくれたらしい。

それは人類が普段使っている紙とは違い、極端に薄く伸ばして柔軟性を持った石板のような感触だった。ただ色は白いので、鉛筆で文字や絵は描ける。

「紙　ヘス」

椎名は与えられた紙を手にとってポポフに示す。ポポフもそれが紙であると復唱する。

ギラン・ビーの鉛筆は現場作業用のマーカーみたいなもので、宇宙船や小惑星に文字や記号を描く道具だ。だからギラン・ビーの船内には紙というものがない。

そもそも船外作業での意思の疎通は、各々のエージェントを介して行うのが中心だ。鉛筆は補助的な道具であり、紙などは使わないのだ。

さらに言えばイビスには鉛筆の名前は教えたが、それが何をする道具なのかまでは伝えていない。現在の語彙では伝えることも難しい。

にもかかわらずイビスが鉛筆だけでなく紙まで提供したのは、彼らなりに鉛筆の用途を推測し、椎名の意図も理解した上での行動だろう。

そして椎名は、与えられた紙の上にギラン・ビーとその前に立つ椎名自身の姿を描き、ついでにポポフも描き加える。椎名の意図はギラン・ビーの状況を確認し、可能であれば搭載AIを稼働し、パーソナルエージェントを活用するところにある。そうすればイビスとの意思疎通は一気に進むはずだ。

ギラン・ビーが果たして稼働状態にあるのかどうかはわからない。ただポポフに見せられた映像から判断すれば、ギラン・ビーの復元はかなり完成度が高く、イビスの技術力によっては、完全ではないとしても稼働状態まで持ち込むことは可能だろう。

ギラン・ビーの売りが、植民星系でも製造可能という人類の観点でも枯れた技術の機械であるから、イビスが修理しても不思議はない。

イビスにとって人類は未知の知性体だろう。そして人類が自分たちにとって危険な存在であるかどうかもまた関心事であるはずだ。だからイビスは人類の技術水準を知るためにギラン・ビーを早急に修理する必要があった。このことは、唯一の人類である椎名とのコミュニケーションを進める上でも無駄ではなかったと判断されたはずだ。

それにギラン・ビーへと連れられる中で、イビスたちと接触できるかもしれない。

「椎名　ギラン・ビー　ポポフ」

ポポフは腕の一本を伸ばすと、紙に描かれたものを指差し、椎名に正しいかどうか確認する。イビスが紙に描かれた絵と現実の存在との関係を理解できることは、これでも確認できた。

ポポフのようなロボットを製造できるのだから、この程度のことは当たり前かもしれない。しかし、イビスの正体が不明である間は、こうした当たり前のことをひとつひとつ確認しなければ前には進めない。

何と言っても自分はイビスの管理下に置かれているのだ。中途半端な解釈で活動することが、自分の命を危険に晒《さら》さないとも限らない。技術者としての椎名は、愚直に見えても必要な手順を踏んでゆくことが結局は近道であることを知っている。

ポポフは単語を確認してから紙を裏返すと、椎名の前に作業腕を差し出す。それは鉛筆を寄越せという意味と解釈した椎名は、ポポフに鉛筆を渡す。

ポポフは鉛筆を摑むと、紙の隅にギラン・ビーの小さな絵を描き、反対の隅のあたりに、椎名らしい絵を描く。そしてこの二つの間に迷路を思わせる線を描き出した。

それはどうやら椎名の現在位置からギラン・ビーの格納庫までの経路らしい。椎名とギラン・ビーの大きさは同じに描いてあるので、縮尺については正確さは期待できそうにもない。

ただこの地図らしきものはイビスの空間認知を表しているはずで、その点で彼らを知る重要な知見だ。

ギラン・ビーの近くに長い直線が続いているのは、それが格納庫のような場所に収容されていると解釈すれば、壁に沿って道が続いているらしい。

逆に、椎名の現在位置からしばらくは、小さな屈曲が続く。この通路も建物の壁伝いと解釈すると、医務室くらいの大きさの部屋が幾つも連なっていると思われた。

そうして地図を描き終わると、ポポフは椎名に鉛筆を返した。そして一言、「ファルン」と言う。

　ファルンとは最近は省略されがちだが、疑問形の意味だ。ただし、いままで「ファルン」と一つだけで用いられたことはない。人間の言葉なら「？」に相当するものであるが、人間とて単独では使わない。

　これが単独で使われるとしたら、相互に同じ対象物を見ていることがわかっている時か、あるいは質問すべき対象についての単語がない場合だ。

　椎名は慎重に考える。自分がイビスに対して要求したことは、自分をギラン・ビーの置いてあるところに連れてゆけという意味であった。

　イビスがその意図を理解したとしても、「移動する」とか「連れてゆく」という単語を彼らは知らない。椎名が寝ている生活を続けていたため、移動という行為について相互理解が行えなかったのだ。

　イビスもまた人間と同様に移動する動物ならば、それに関する概念も単語もあるはずだ。だから彼らは椎名とギラン・ビーの相互の位置を示し、移動を意味する単語を求めているのではないか？

　椎名はそうした推論の末に、自分を鉛筆で丸く囲み、それを最短の経路でギラン・ビーに向かうように鉛筆でなぞり、ギラン・ビーの絵の前に自分の姿を描き加えた。そして宣言する。

「移動　ピルン」

椎名はこうした行動を「移動」と呼ぶことを伝えた。しかし、それだけではイビスは納得しなかったらしい。

ポポフは再び椎名から鉛筆を受け取ると、先ほどの地図に新たな経路を上書きする。それも現在位置からギラン・ビーまでのルートだが、椎名が描いた最短距離ではなく、さりとて最長距離でもなく、その中間程度の移動距離のルートであるようだ。

「移動　ファルン」

ポポフは何かを期待しているように椎名には思えた。とはいえ、これは何を意味しているのか？　移動するならこのルートを選ぶということか？

椎名はここで出発点に戻る。いま自分たちが構築しようとしているのは、移動という動詞に関する相互理解だ。移動という単語の概念が共有できたなら次の段階に進める。

そう考えると、このポポフが描いたルートの意味は、ルートそのものではなく、このルートが「最短距離ではないこと」にこそある。

つまり椎名が最初に描いたルートは、「移動」の意味にもとれるが「最短距離」とも解釈できる。イビスはそのことを確認しようとしている。それがもっとも合理的な解釈だろう。

「移動　ピルン」

椎名がそう言うと、ポポフは椎名から鉛筆を受け取り、また別のルートを描き、そして「移動　ファルン」と尋ねる。

移動が動作を意味し、距離やルートの問題ではないことをイビスは再確認したいらしい。文化的に慎重な傾向があるのだろう。

「移動　ピルン」

椎名がそう返答すると、ポポフは持っている鉛筆で椎名の絵を丸く囲むと、そのまま通路を描くのではなく、いきなりギラン・ビーまで通路を無視して一直線で結んだ。

「移動　ピルン」

ポポフは疑問形ではなく、二点間の運動を移動と結論したらしい。なので椎名も「ピルン」と意見が一致したことを伝える。

ポポフは鉛筆を椎名に返すと、自分の腕を胴体に収納した。そしていままで閉じていた食堂の右側のドアが開き、ポポフが移動し始める。

ドアを抜けると医務室や食堂と同じ大きさの窓のない部屋があった。内部には何も置かれていない。ポポフはそのまま部屋を横切り、さらに目の前にあるドアに向かう。そして椎名がついてきているのを確認するように、断続的に立ち止まる。そしてほぼ一定の距離を維持しながら椎名に先行する。

三つ目の部屋を通り抜けると、ポポフが描いた通路にでた。先ほどの図では、三つの部屋は一つの部屋として扱われていたようだ。

通路は天井がかまぼこ型になっているトンネルのような形状だった。照明が埋め込まれているが、壁の材質は花崗岩《かこうがん》のように見えた。

ただ、色は全体にアイボリーだった。くり抜いた岩盤に特殊な塗料を吹きつけたように思われた。通路はいままで生活していた部屋から考えるとかなり大きなものだった。幅で四メートル、高さで六メートルはあるだろう。

椎名が移動するためか、通路には彼女とポポフの姿しかない。空気には異臭はなく呼吸も普通にできるのは、組成が惑星レアのものと同じなのだろう。

それがギラン・ビーの大気を再現したのか、惑星バスラの大気そのものなのか、そこまではわからない。ただ知られている限り、両者に大差はなかったはずだ。

ただギラン・ビーの置かれている場所まで、通路だけでもかなりの容積を持つはずで、椎名一人のためだけに特別な大気組成で通路を満たすとは思えない。だからイビスも同様の大気を呼吸するのだろう。

どうも通路はポポフの描いた地図ではなく、椎名が描いた最短距離で移動しているらしい。ただやはりポポフの地図は縮尺をかなり変えているらしい。一つの区画が数百メートル単位で直線が続いており、一番長い区画では一キロ以上はあっただろう。

さすがにその距離を、高性能とはいえギブスで歩くのは辛かった。総延長で一〇キロは歩いているのではないか。

床を見てみても、自動車が移動した痕跡は見当たらない。イビスは自動車を使わないのだろうか？　椎名が疲労困憊《こんぱい》しているのはイビス側もわかっていると思うのだが、それすらも観察対象なのか、ポポフもそれに対しては何もしない。ただ前を進むだけだ。

そうした中で、通路は四メートル四方の扉によって遮《さえぎ》られる。椎名はポポフに手をかけて息を整える。ポポフはそこで初めて質問する。

「椎名　異常　ファルン」

それはおそらく、人間なら「大丈夫か？」くらいの意味ではないか。椎名はそう解釈した。これは驚くべき重要な事実だ。イビスが相手を思いやれる知性体であるからだ。いままで短期間で未知の知性体とここまで意思の疎通が可能になったのも、イビスにもまた「相手がどのように思考するのか？」という共感能力や想像力があるためだろう。

「椎名　正常」

　そう言うと椎名は立ち上がる。するとそれを待っていたかのように、目の前の扉がスライドして開いてゆく。扉の向こうは予想通り格納庫だった。ただ内部に入って、椎名はその空間が尋常ではないことを目《ま》の当たりにする。

　正直、その空間の大きさを把握することが椎名にも咄嗟《とっさ》にはできなかった。まず最初に視界に入るのは、ギラン・ビーの前に突然現れたあの大型宇宙船だ。

　椎名の記憶通りなら、あの宇宙船の全長は五〇〇メートル以上あった。幅だって一二〇メートル以上だったはずだ。それがこの空間に収まっている。しかもまだ十分な余裕を持って収容されている。

　そうなるとこの空間は全長七〇〇メートル以上、高さと幅が二〇〇メートルになるだろう。宇宙空間での作業は数えられないほどやってきたが、一つの閉鎖空間としてこれほど巨大なものは見たことがなかった。

　空間の天井部分は弧状になっている。椎名は自分がいる場所について色々と考えてきた。イビスの技術について自分でもある程度は理解できることからして、彼らと人類の技術水準に極端な差があるとは思えない。

　ならば常に感じている重力は、惑星の重力だろう。しかし、惑星表面に都市や建物は見あたらなかった。だとすればイビスの都市は地下にある。そうした推測をしていた。

じっさいここまで移動するなかで、このイビスの巨大施設が地下にあるという推測は間違いないと思われた。しかし、だとすれば、地下にこれほどの巨大空間を作り上げる技術力には圧倒される。

よく見ると、宇宙船の底面と前後左右に面した壁には、直径二〇〇メートル近い、金属状の巨大なリングが埋め込まれている。用途は不明だが、宇宙船の維持管理にかかわるものに思えた。高度な技術力の産物なのは疑う余地もない。

ただ、技術力は技術力として、どうしてここまで巨大な地下施設を建設しなければならないのか？　しかし、ここで椎名は違和感を覚えた。

巨大な地下格納庫や宇宙船がある中で、イビスの姿が見えないのだ。

「椎名　グラン・ビー」

ポポフが、格納庫に圧倒されている椎名を促すように、移動する。すると格納庫の隅にギラン・ビーが置かれていた。それは椎名の視界の中にあったのだが、全長五〇〇メートル以上ある宇宙船の傍に置かれていては、存在を認知するには至らなかったのだ。

イビスがギラン・ビーをある程度は復元していたことは、ポポフからの映像で知っていた。しかし、そうした映像も断片的なものであり、全体像まではわからなかった。

いま椎名が目にしているのは、外観だけで言えば完璧な形のギラン・ビーだった。短距離用のワープモジュールや核融合発電機が稼働状態にあるかどうかはわからないが、千切れた船体も完全に接合されているように見える。

ギラン・ビーの船体は、軽合金の梯子《はしご》を連想させる足場で、固定されていた。工事のための足場というよりも、完成した船体を安定させるためのようだ。

椎名はポポフを置いて、そのまま足場を使ってギラン・ビーの内部に入る。足場には階段があったが、段差は人間より少し大きかった。ギブスをしたまま登るのは簡単ではなかったが、ともかく自力で登り切った。

右側の円盤型の居住ブロックから入った。通常は居住区画だが、惑星調査の時点では、スーパーコンピュータで占領されていた。それらの隙間からコクピットへと急ぐ。

暗いはずの船内には薄明るく照明が灯っているだけでなく、スーパーコンピュータにも電力が供給されていた。ただ核融合炉が稼働していたならば、特有の振動が感じられたはずだが、それはない。

居住区画からコクピットに通じるところにある簡易コンソールには、主要なモジュールの状況が表示されていた。これはメインシステムから独立した機構で、システムが停止したような深刻な事態でも、船内の状況を表示するものだ。

それによるとメインシステムと核融合炉は停止していた。ただ故障を示すエラーメッセージはなく、停止状態にあるとだけ表示されていた。核融合炉は保守点検の必要から、システムの起動回数が記録されていたが、その数値は変化していない。つまり機能停止してから再起動されていない。正しい手順を踏まねば再起動はできないわけだから、これは当然のことだろう。

はっきり言って椎名は、こんな表示を目にするとは思わなかった。人類の技術について何も知らない異星人が形だけ組み上げたとしたら、画面はエラー表示で埋め尽くされるはずで、それがないというのは機械として完全な状態にあることを意味する。

じじつ船内のＡＩは、定期検査のために主電源の核融合炉が停止されていると認識していた。

あるいは核融合炉は安全装置が働いて、致命的な損傷を受けずに済んだのかもしれない。ただそうだとしても、組み立て段階でミスがあったらエラーとなる。それが出ないというのは驚くべきことだ。

椎名はコクピットに移動し、メインシステムの起動を試みるべく席に着く。コクピットの窓からは外にいるポポフの姿が見えた。椎名の姿が見える場所まで移動したらしい。

椎名はここで迷う。おそらくギラン・ビーのメインシステムはこのまま起動するだろう。

しかし、この船内はイビスによって監視されていると考えるべきだ。

この状況でメインシステムを起動すべきなのか？　一度動き出してしまえば、ギラン・ビーのＡＩが持っている人類の情報をイビスが引き出すのはさほど難しくない。考えようによっては、イビスはギラン・ビーを稼働させるために椎名を巧みに誘導したと解釈できなくもないのだ。

だが結局、椎名はシステムの起動を選択する。監視されているかどうかはわからないが、それを確認するためにもシステムのＡＩ機能は必要だ。

それに椎名の命令にだけ反応するようＡＩを設定するのは、それほど難しい作業ではない。基本的なセキュリティ設定だ。むしろ自前のＡＩ支援なしでイビスとコミュニケーションを持とうとするほうが、自分には不利益をもたらすだろう。ともかくパーソナルエージェントを復活させるには、ギラン・ビーを起動する以外の選択肢はないのだ。

コクピットの簡易コンソールは、入口のものよりも表示項目が多い。核融合炉は止まっているが、外部電源により船内の機器は最低限度の機能を維持しているらしい。また核融合燃料の欠乏も表示されている。

ギラン・ビーには外部電源を接続するコネクターが設置されている。船体を再生する中で、イビスはそれを発見し、用途を理解したのだろう。

メンテナンスのしやすさを考え、ギラン・ビーの構造は比較的単純に作られているが、その単純さはイビスにも通じたというのか。

ただ外部電源のコンバーターは正常に機能しているものの、負荷は高かった。イビスが提供する電源の定格は、人類が使用している電圧や周波数と違っているからだ。

簡易モニターによると、ギラン・ビーの船内バッテリーは満充電されている。つまり外部電源は一日以上は供給されていることになる。

だからイビスたちが椎名の行動に対して外部電源を遮断しても、内部バッテリーで数日はシステムは稼働できる。チューニング次第ではAIのみの稼働で二週間は持つはずだ。

椎名はコンソールに手を触れ、起動準備に入る。とはいえ起動そのものは単純だ。椎名にインプラントされているデバイスとギラン・ビーのシステムが交信し、本人であることを確認すると、メインモニターにシステムを起動するかどうかを確認する表示が出る。それを了解すると、ギラン・ビーのAIが再稼働する。

その瞬間に椎名の視界が変わった。セラエノ星系の時間でいまが一〇月一五日一五〇六であることがわかった。その他にも周辺の大気状態や方位などがわかる。

もっとも、方位とか現在位置についてはどこまで信用できるかはわからない。レーザージャイロコンパスはデータがリセットされているので役に立たない。磁気コンパスも巨大宇宙船の影響を受けているのか、宇宙船のある方角が北であると示している。ただそれ以外については信頼できそうだ。

パーソナルエージェントが正常に稼働したことを確認すると、椎名はギラン・ビーのシステムについて自分以外が使用できないようにセットした。

その上で、彼女はギラン・ビーの各部の状況を表示させた。ワープ機関はシステムの自己点検では損傷部位はなかった。核融合炉も各ユニットを個別に点検してすべて正常だった。

ただ唯一の警告メッセージがあり、それは燃料の欠乏だった。燃料タンクの気密漏れはなく、どうやら船体が分解した時に燃料系統から漏出したのだろう。

つまりギラン・ビーの核融合炉は正常だが、燃料がないので稼働できない。重水素はまだいい。致命的なのは、核融合点火時に必要なミューオンがないことだ。

ミューオン核融合は、発生した電力で粒子加速器を作動させ、そこで生じたミューオンを利用して発電を行うという、自転車操業のようなシステムだった。通常はミューオンコンデンサーという別系統の粒子加速器でミューオンを備蓄するが、それも失われたとなれば、核融合炉の再起動は難しい。

そうなるとイビスからの外部電源か、それを遮断された場合には内蔵電池だけが頼りだ。

椎名がセキュリティの設定を終えてから最初に行なったのは、自分が知っているイビスの言語をAIに口づてで伝えることだった。メモもエージェントも支援もない中で、彼女の記憶だけがイビス辞書を作成するための唯一のリソースだった。

その作業は一〇分程度で終わった。椎名自身も信じられなかったが、改めて確認すると自分とポポフの間で通用していた単語は驚くほど少なかった。

その少ない語彙で、そこそこの意思の疎通が可能だったのは、骨折による制約こそあったものの、椎名の身体の動きをイビスが過剰なほどモニターしていたことが大きかった。

ここまで順調に進んだが、椎名は初めて疑問が浮かぶ。ギラン・ビーに武装がないのは、分解した船体をここまで組み上げたイビスならわかるだろう。

しかしそうだとしても、未知の知性体が修理した宇宙船に乗り込んだ時に何をするのかなど予想はできまい。核融合燃料がないとしても、それはやはりリスクが高すぎるとイビスは考えなかったのか？

あるいはイビスには、椎名が何をしたとしても対応できるとの自信があるのかもしれない。

椎名はシステムの機能試験も兼ねて、目の前の巨大宇宙船を計測する。ただ幾つかのセンサーは計測不能の表示を出す。彼女はそれらのセンサーを停止する。

宇宙空間で使用する機械である。如何に巨大とはいえ、ここは閉鎖された格納庫にすぎない。レーダーの類は距離が近すぎて使えないのだ。初歩的なミスである。

椎名は落ち着くために息を整え、使えるセンサー以外は停止する。この至近距離で使えるのは画像センサーとレーザーレーダーくらいしかない。実際の作業となると、アームを伸ばして間合いを測ることも行うが、さすがにアームで計測するほど近くはない。ただ作業用のアーム機構も正常に稼働することは確認した。

アームを動かした時、ポポフはそれに反応し、アームが届かない距離でギラン・ビーを観察しているようだった。

椎名はまずポポフを標的に距離を計測する。画像センサーもレーザーレーダーも同じ距離を表示する。センサーシステムは正常だ。

そしてセンサーを宇宙船に向けた時、数値は不安定に変化する。レーザーレーダーは、レーザー光線そのものが吸収されるのか、反射光が極端に減衰していた。減衰率そのものが安定しないため、数値が変化しているようだ。

画像センサーにしても、ＡＩが物体の輪郭を捉えきれないためピントが合わず、距離が計測できないのだ。

念のためにポポフにセンサーを向けてみるが、そちらは安定した数値を示していた。

かつての地球ではステルス機というレーダーに捕捉されない飛行機が作られていたが、おそらくあの宇宙船もそうした技術をより洗練したものではないか？　椎名はそう思った。しかし、そこまでしてセンサーに反応しないような構造にする必要があるのだろうか？　そこがわからない。

夏艦長などはイビスに外敵が存在する可能性を指摘していた。その説からすれば、彼らの宇宙船が高度なステルス技術を持っているのは筋が通る。

ただそうだとしたら、この宇宙船はもっと武装が施されているのではないか？　単に気づいてないだけかもしれないが、それでも戦闘艦のようには思えなかったのだ。戦闘艦であるなら、ギラン・ビーと遭遇した時も、何らかの威嚇行為があっても不思議はなかったはずだ。しかし、武装を誇示されることはなかった。

それに敵が存在するような知性体だとして、ポポフが自分に対したような接触の仕方は取らない気がした。無論それは人類の偏見にすぎないのかもしれないが。

それでも椎名は諦めなかった。船外作業を行うギラン・ビーには、幾つかのセンサーの不調を他のセンサーで補う機能が付いている。

メインカメラではなく、安全確認用のサブカメラも正常だ。それらはギラン・ビーの左右両舷にある。固定焦点のそれらのカメラが撮影した宇宙船のシルエットをレンジファインダーの要領で一致させれば、カメラとカメラの距離を底辺とする二等辺三角形の頂点が被写体となるので、カメラと被写体の角度を計測すれば、被写体までの距離が計算できる。

結果は驚くべきものだった。格納庫の巨大宇宙船は全長が八〇〇メートルあり、幅も高さも三〇〇メートル前後ある。つまり椎名が遭遇した宇宙船とは別の、さらに巨大な宇宙船が目の前にあるのだ。

もっとも、驚くようなことではないのかもしれない。貧乏な植民星系のセラエノ星系でさえ、恒星間宇宙船を数隻保有しているのだ。イビスが複数の大型宇宙船を持っているのは当然とさえ言えるだろう。

椎名はこうした作業を通してギラン・ビーがほぼ正常に機能することを確認すると、船内をチェックする。ロッカーの中身は、ほぼ空になっていた。食糧とか細々した消耗品などが収められていたが、そうしたものは残っていない。

それは予想していたことだ。ロッカーのレーションを使わずに、椎名への食事は提供できまい。また他の雑多な品々も、研究材料にされただろう。

椎名はエアロックに向かう。予想通り宇宙服は無くなっていたが、エアロック内の物入れは開けられていなかった。イビスはそこに収納があるとは気がつかなかったらしい。そこは宇宙服の無線機やパッキングなどの付属品が入っていた。宇宙服の備品の交換などはエアロック内で済ませるためだ。

椎名は目的のものを摑むと、自分に装着する。宇宙服用の無線機でマイクは口元に、ヘッドフォンは分解して取り出したスピーカー二つを首からぶら下げ、付属品の中にある粘着テープで固定する。スピーカーの片方は、椎名の口元にあるマイクとは別に、外界の音をAIに感知させるためのマイクとして活用する。

バッテリーの残量を確認すると、椎名は無線機をギラン・ビーのAIに接続する。これにより彼女やポポフの音声をAIが受信し、それを解釈してスピーカーから流すことができる。つまり、にわか造りの翻訳機を組み上げたのだ。

「私は　ギラン・ビーを　稼働させた」

コクピットの席についた状態で、椎名はそう口にする。AIはマイクで拾った言葉を、限られた語彙で再現する。

「椎名　ギラン・ビー　稼働」

いままではポポフに合わせて不自然な言葉を話していたが、ここからは自然言語で話すことにした。ポポフの聴覚能力は高い。だから椎名の肉声とスピーカーの音声を比較できる。

そうしたデータの蓄積から、イビスは椎名の自然言語の意味を理解できるようになるだろう。

稼働という単語はいままで出てきていない。だからポポフは反応しない。それを椎名は、別のアクションを期待しているのだと解釈していた。

そこで椎名は、稼働中のギラン・ビーのコンソールの映像を空間に投影した。宇宙空間で工事をするときに、現場に作業手順や図面などを投影するための機能だが、ここで役に立つとは思わなかった。

映像に対してポポフがどんな反応をするのか？　椎名はビデオを準備する。ここまでの一連の動きは録画され、ＡＩにより分析できるようになっている。

だがポポフは動かない。そのかわりギラン・ビーのコンソールが反応する。可聴域をこえる低周波が感知された。その音源は目の前の巨大宇宙船だった。

椎名は電源を確認する。ギラン・ビーの稼働に対して、イビスが外部電源を切断する可能性もあるのだ。しかし、電源は提供されている。

これは朗報だろう。核融合炉が使えないのはイビスもわかっているはずで、それでも電源を落とさないのは、機械を介したコミュニケーションを継続しようとしているのだろう。

その予想は意外な形で証明された。低周波が止まった瞬間、巨大宇宙船の床と接している部分の一角が光りだす。それは扉が開いて宇宙船内の光が漏れたものらしい。

扉は、宇宙船が巨大すぎるのでそれほど大きくは思えなかったが、画像解析によれば、高さは三メートル、幅は一〇メートルほどあった。

ＡＩはそこから船内の様子を解析しようとしたが、奥行き五メートルほどの何もない部屋であることしかわからなかった。

そして、次の瞬間、光の中から三体の人のようなシルエットが現れる。

ＡＩが画像補正すると、そこに現れたのは、直立する鳥だった。あのセラエノ星系の前方ビザンツ群で回収された人工衛星の中にあった鳥の姿。まさにその鳥そっくりの生物が歩いてくる。

カメラでそれらを拡大する。イビスらしいその動物の姿には、さすがにステルス機能は働いていなかった。

三体の動物は、地球の南極に住むというペンギンを連想させた。皮膚の感覚もそれに似ている。ただ連想させるだけであって、言うまでもなくペンギンとは違う。

まず手足が長い。遠くから見ればシルエットは人間そっくりだ。幸いにもサンダルのようなものを履いているので足の指も数えられた。指の数は手も足も六本で、イビスが一二進法を使っているのはこのためか。身長は三体とも一八〇センチ前後だ。

着衣は何らかの役割分担なのか、社会的なステータスの違いなのか、三体でそれぞれ異なっていた。

先頭を進む個体と殿《しんがり》の個体は、首に青色の太いストラップをかけ、身体前面のエプロンのような布を支えている。エプロンには四つのポケットが確認できたが、先頭と殿では中に入れている道具が違っているように見えた。

またストラップは青かったが、先頭のエプロンは赤、殿はエプロンも青だった。

どうも前後の二体は、中央の個体を守るような配置でいるらしい。それと関係があるのか、ポポフが中央の個体の側に寄り添っていた。

青ストラップの二体は外見的にそれほど違いがあるようには見えなかった。しかし、中央の個体は、基本的に手足の長いペンギンのような姿形であるものの、腹部が極端に膨らんでいた。

ただ、この個体は赤いストラップで赤いエプロンを支えており、腹部が膨らんでいる以上のことはわからなかった。医療職の資格を持つ身としては、それに一番近いのは妊婦という印象だった。とはいえイビスの生殖形態もわからないのに、その結論は早計だろう。

三体はギラン・ビーのコクピットの真正面に、やはり赤ストラップ・赤エプロンの個体を前後から挟み込むように並んだ。

彼らの顔はペンギンそっくりで、目があって嘴《くちばし》がある。耳は外見からはわからないが、音声でのコミュニケーションが成立しているからには、わかりにくいだけでどこかにあるのだろう。

鼻もどこにあるのかわからない。植民星系のそれぞれの生態系でも高等動物のほとんどが嗅覚を有していたから、イビスも同様だろう。ただそのための器官は現段階では判然としない。

椎名はここから先のことは細大漏らさず記録するように、ギラン・ビーのＡＩに設定してから、船外へ出た。本格的なコミュニケーションを行うからには、身振り手振りが必要だろうし、そうであるなら船内に留まるわけにはいかない。

椎名が船外に出ると、先頭の赤エプロンが脇によける。自分より背の高い異星の知性体に気圧《けお》されそうになりながらも、彼女はそこに踏みとどまる。

間近で見ると、赤ストラップ・赤エプロンのイビスは嘴の周辺に、他の青ストラップの二体にはない何かの人工物を取り付けていた。椎名はそのイビスの目を見る。黄色い虹彩があり、そこには知的な光があるのを認めた。

「私の名前は椎名ラパーナです」

椎名の言葉は、ギラン・ビーのＡＩにより変換され、いままでポポフとの間に作り上げた定型文がスピーカーから流れる。それは人間の可聴域の音声であり、イビスに解釈できるかどうかわからない。しかし、ポポフなら変換できるはずだ。

赤ストラップのイビスが嘴を開き、甲高い声を出す。それは椎名には聞き取れなかったが、ポポフが人間の言葉を発する。

「私の名前はエツ・ガロウです」

赤ストラップのイビスは椎名の反応を読み取ると、片手を上げる。いまの発言は自分であることを示すように。

4　アイレムステーション

一〇月一一日・アクラ市

トーゴ河はラゴスからアクラまでは平均四〇〇メートルの川幅だと、西園寺恭介はキャサリン・シンクレアから聞かされていた。総延長は三〇〇〇キロに及ぶというが、人類が利用しているのはわずか一〇〇キロ程度にすぎない。

ゆっくり走れば印象的な眺望かもしれないが、時速二〇〇キロ以上で低空を飛行していると、変わり映えしない景観で眠たくなる。じっさい他の乗客で景色を眺めている者はいない。

「つまらない景観と思ってらっしゃる？」

キャサリンがそう言いながら飲み物を勧める。西園寺はそれを固辞した。パーソナルエージェントが到着は間近いと告げているからだ。それはキャサリンも同じらしく、彼女はグラスを置いた。

「この船の名前はランカスターでしたっけ？　これがアクラの市内に乗り込んですか？」

「まさか。トーゴ河の支流を拡張してサクラ湖という人造湖につなげています。そこでランカスターは着水します」

「なるほど。いえ、こんな船に乗ったのは初めてでして」

「なかなか便利な乗り物です。すぐに気に入っていただけますわ」

キャサリンは微笑む。彼女はすでに西園寺が自分たちの仲間になると信じているようだった。彼自身はそれほど単純な状況ではないと考えつつも、帰化するならアクラ市民という、二時間前には考えてもいなかった選択肢が、心の中を大きく占めていることを認めないわけにはいかなかった。


セラエノ星系の首都ラゴスと第二都市アクラは一〇〇キロほど離れていた。海に面したラゴスから西に向かって内陸に進んだところにアクラ市がある。

この二つの都市間を移動する方法は幾つかあったが、主なものは二つである。一つは大陸を横断する幹線道を自動車で移動する方法。セラエノ星系の自動車はほぼ完全に自動運転車であるので、小型車でも大型車でも運転の苦労はない。

ただ一五〇〇万市民の大半が二つの都市に居住している関係で、自動車のほぼすべてがシェアカーで、個人所有は稀だった。これにより、都市部で自動車の渋滞という現象は起こらない。空飛ぶ自動車が必要とされない理由もここにある。

オフィスに移動しなければならない職種の人間はそれほど多くなく、なおかつ出勤時間は市民によってバラバラであることも渋滞が起こらない理由である。

こうした社会的背景により、ラゴスとアクラ間の移動は、陸路なら公共交通機関のバスを利用するのが通例だった。

移動方法の二つ目は、ラゴスとアクラの間を流れるトーゴ河を利用するものだ。都市間の物流の大半はこの河川輸送による。

中心は船舶ではなく、ＷＩＧ（地表効果翼機：Wing in Ground-effect Vehicle）であった。積載量五〇〇トンほどで、船舶より高速で、トラックよりも大量輸送ができた。

トーゴ河の川幅から言えば、積載量が一〇〇〇トン、二〇〇〇トンという大型機も運航できたが、セラエノ星系の人口を考えるなら、五〇〇トンクラスのＷＩＧが一番経済的だった。

それにアクラ市は内陸開発の拠点都市の位置づけであったため、高速で河川を移動できるWIGの存在は大きい。

いかなる理由なのかはキャサリンたちも知らないが、この積載量五〇〇トンのWIGはランカスターと呼ばれていた。

ランカスターは上から見ると野球のホームベースのような形状で、尖った部分が後ろ、平坦な部分が前である。中央部に突き出すように飛行機の機首と思われる客室があるものの、基本的に全翼機だった。そして翼の左右端に細長い船のようなフロートがあったが、離水と着水以外では、水に触れることはなかった。

地上と宇宙を結ぶ往還機のウーフーと同様のエンジンを利用していた。磁場とレーザー光線を利用した特殊容器に封印した反陽子をタングステン合金の炉心に撃ち込み、生じる熱で燃料や大気を加熱し推進力を得るのだ。

反物質にせずに反陽子とするのは、単純に扱いやすいのと、エンジンの構造を単純化できるためだ。ただ核融合で得たエネルギーを、さらに反陽子に転換し、それを熱機関にするのは、エネルギー効率の観点では褒められるものではない。エネルギーを無駄にすることを承知で、利便性を重視した結果である。

ランカスターの構造は植民星系で製造・維持できるような枯れた技術の産物だが、それだけ乗り物としてはこなれていた。だから西園寺は、着水した瞬間も窓からの景色を見ていなければわからないほどだった。

キャサリンに促され、西園寺は乗客用タラップから船外に出る。直径四〇〇メートルほどのサクラ湖には桟橋のようなものが五つあり、そのうちの二つにランカスターが接続されていた。一つは、いま西園寺が乗ってきたものだ。

「こちらです！」

キャサリンはランカスターで移動中に無人タクシーを二台手配していた。一台には彼女のスタッフが乗り、もう一台には彼女と西園寺が乗り込む。

「やっと二人だけになりましたわね」

キャサリンは西園寺の真正面に座ったが、彼女の言葉が何か恋愛的なものではなく、完全にビジネスライクなのは、最初に声をかけられた時から明らかだった。

「車内は盗聴の心配はありません。それでいかがでしょう？　輸送艦津軽の乗員の皆さんを、アクラ市で生活基盤を保障した上で受け入れるというお話は？」

それは昨日のマネジメント・コンビナートでの会話の中で、キャサリンが提示してきた話だ。専門家集団として輸送艦津軽の乗員すべてを、アクラ市が責任を持って然るべき処遇で受け入れる準備がある、と。

西園寺もワープができない以上は、いずれセラエノ星系市民に帰化するよりないと考えていた。最初の頃は、ワープ不能が一時的な現象と根拠のない希望を抱いていたが、時間とともにこれが深刻な問題であるという現実を受け入れるよりなくなっていた。

そうして調べてみると、自分を含めた八〇人の乗員の生活基盤を、可能な限り迅速にセラエノ星系に築く必要があると明らかになった。

まずセラエノ星系の宇宙インフラでは、地球圏からの補給無しで、輸送艦津軽の状態を維持するのは困難であるということだ。補給品の備蓄などから言えば五年は持つらしいが、それは乗員全員が津軽に残っている場合である。地球圏に家族のいない乗員がセラエノ星系に帰化した場合、その数が一線を越えた時、津軽を宇宙船として維持することは不可能になる。すでに運用長の松下は明石に移籍、いまはセラエノ星系の市民権を手に入れた。早急に手を打たねば、一年を待たずして津軽は維持できなくなるだろう。

艦長としては、それは最悪の事態といえる。最後まで残ってくれた乗員は、宇宙船を維持できないために、やはりセラエノ星系に帰化しなければならない。しかし、そうした形では乗員たちに深刻なしこりを残すだろう。

さらに自分たちではどうにもならない話もある。地球圏の法律では、ワープ宇宙船で行方不明になった場合、一ヶ月後に死亡判定されることだ。

ワープ航法での遭難事故は稀に起きていたが、生還した事例はこの二世紀近い間に一つもない。このため宇宙船が行方不明となった場合には、一ヶ月経過すれば乗員は死亡として処理された。これは残された家族に財産分与や保険金支払いを迅速に行うための処置だった。

だから地球圏では、明日にでも津軽の乗員は死亡したものとして処理される。そうなると地球圏に家族を残した乗員たちは、家族の側から関係を切られてしまうのだ。

そうしたことを考えるなら、乗員たちをそのまま受け入れるというアクラ市の申し出を受け入れれば、生活基盤をアクラ市に置きながら、津軽を可能な限り宇宙船として維持できる。

マネジメント・コンビナートでは、キャサリンからそのことを検討してくれと言われ、彼も早々に会場を離れ、ホテルに泊まってこのことを検討し続けた。乗員たちに説明するにも然るべき手順がいる。

そして彼はホテルからキャサリンに連絡し、アクラ市を見てみたいと告げた。そうしてランカスターでアクラ市を訪れることとなったのだ。

「艦長としては、アクラ市の申し出を拒否する理由はないと考えます」

西園寺の返答にキャサリンは笑顔を浮かべたが、彼はさらに言葉を続ける。

「しかし、そもそも我々に何をさせるつもりなんですか？　ご存じかどうかわかりませんが、地球圏との貿易が途絶した時点で、輸送艦津軽が宇宙船として稼働できるのは五年が限界です。

したがって、宇宙船乗りのつもりで我々を受け入れたとしても、そちらの希望に沿えるのは最長で五年でしょう」

「ワープ宇宙船の稼働期間が、補給なしでは五年程度というのは当方も存じておりますが、それは稼働を続けていた場合の話ですよね？」

西園寺は、キャサリンが話をどこに持ってゆこうとしているのかがわからなかった。それを察したのか、彼女はさらに説明する。

「はっきり申しまして、セラエノ星系で不定期に稼働する他惑星の観測基地を除けば、人間が住んでいる惑星はレアだけです。地球圏との貿易が不可能となった状況では、星系内であれ星系外であれ、輸送船舶の活動領域はほとんどありません。

アイレム星系への移動にしても、ほとんどが調査ミッションに終始することになるでしょう。

そうであるなら輸送艦津軽は宇宙港なり軌道ドックから電力の供給を受ける状態で、稼働させるシステムを最小限度にとどめ、艦内を窒素ガス注入後に封印するモスボール状態に置くことが最善でしょう。

辺境星系といえども、セラエノ星系にもその程度の技術はあります。完全なモスボール状態なら、津軽の寿命は計算上は一世紀はあります」

「津軽をモスボール化するだと！」

思わず立ち上がりかけた西園寺だったが、キャサリンの話のほうが確かに筋が通っていることを認めないわけにはいかなかった。稼働期間が五年と言っても、無為に宇宙船を稼働させ続けるなど確かに馬鹿げている。

西園寺が席に戻ったことを了解と解釈したのか、キャサリンは続けた。

「津軽の皆さんをアクラ市で受け入れる理由は二つ。一つは何年後になるかわかりませんが、地球圏とのワープが再開された時、乗員の皆さんがチームとしての連帯感を維持しつつ、アクラ市民として生活していれば、そのまま津軽の乗員に戻ることが可能であるということです。

モスボール化した宇宙船を再稼働する過程で、必要な知識は思い出せるでしょう」

「乗員もアクラ市でモスボールってことか」

さすがにそれにはキャサリンも厳しい視線を向けたが、すぐに笑顔に戻った。ただその一瞬の刺すような視線に、目の前の女性が敵に回すと非常に剣呑《けんのん》な人種であることを西園寺は直感した。

「必ずしも適切な表現とは言えませんが、言わんとすることはわかります。

理由その二もこのことに関わります」

「というと？」

「西園寺さんは、自分たちを恒星間宇宙船の乗員としか認識しておられない。ですが、我々が把握している限り、恒星間宇宙船の乗員、特に幹部要員は高度な技術教育を受けており、それぞれの分野でのエキスパートです。

そうした知識こそ、セラエノ星系では絶対的に不足しているものなのです。ですから宇宙船がモスボール化されている間、アクラ市でその技術を活用させていただきたい。そうであれば生活も社会的立場もお約束できます」

「一つ質問したいのですが、我々はアクラ市から出られないのですか？」

西園寺はそれが気になった。アクラ市の市民権を得るためには、先にセラエノ星系の市民権を得なければならない。どちらも市民権という名称だが、前者と後者では意味が違う。

セラエノ星系内で市民としての基本的人権を保障するのが後者であり、前者の市民権はそれらを前提としたものだ。

　言い換えるなら、セラエノ星系政府が帰化を認めなければ、アクラ市だけでことは決められない。そもそもキャサリンはアクラ市商工会議所のラゴス支所長であり、政府関係者でさえないのだ。

「もちろんセラエノ星系で皆さんがどう活動しようと、どこに住まわれようと、それはご自由です。我々はあくまでも皆さんが帰化する場合に、その身元保証人になれるだけです。それを皆さんが受け入れてくださるなら、衣食住の提供が可能ということです」

　帰化するのに身元保証人が必要とは思わなかったが、西園寺のエージェントがそうした事例を五つばかり紹介してくれた。彼はそれを確認すると、エージェントにデータを消してもよいと、人差し指を横に振る仕草をする。

「そこまでしていただけるのはありがたい申し出ですが、あなた方に何かメリットはあるのですか？」

　キャサリンはそれに対して率直に理由を述べた。西園寺には隠し事は却《かえ》ってマイナスと考えたのだろう。

「一〇日ほど前から、首都ラゴスではマネジメント・コンビナートという新しい社会システムが動き始めました。孤立したセラエノ星系社会で文明を維持するために、統治機構を社会機能そのものの中に組み込もうという実験です。

私自身は破天荒な施策と思いますが、我々に人材を無駄にする余裕がないのも確かです。いうまでもなく、マネジメント・コンビナートにはアクラ市も参加します。参加要請がアクラ市事務所つまりアクラ市役所ですけど、そこと商工会議所の両方にありました。

当面はアクラ市にもラゴス市のものと同様の施設を構築し、施設内では仮想空間を投影し、参加者が一つの同じ建物にいるような体験を得ることができます」

「そのマネジメント・コンビナートに参加するため、あなたはあの場にいた？」

「それが仕事ですから」

キャサリンは西園寺の指摘を認める。

「偵察戦艦青鳳はおそらくは、紆余曲折は色々あるとしても、他の軽巡などと同じで政府の直接管理下に入ることになるでしょう。他のワープ宇宙船は工作艦明石ですが、あれはすでに狼群商会の本社ですから、独立して動いている。既成事実を作ることで、乗員をアクラ市民にできるのは津軽のみとなるわけです。

我々は恒星間宇宙船の専門家たちを、アクラ市のマネジメント・コンビナートの有力なチームとして活用したいわけです。この方面では首都ラゴスと第二都市アクラの力の差は圧倒的です。明石の乗員にしてもラゴス市民ですからね」

「宇宙船管理という問題について、専門知識面で力の均衡を確保するのが目的ということか？」

「そうです。そして可能なら、津軽を我々の管理下に置いておきたい。宇宙で何かの事業を行うにあたり、宇宙船を確保することで発言権を持ちたいので。現状では、我々は政府決定に従うだけで、反論も有効な対案の提示もできない。

誤解していただきたくないのですが、別に私たちはアーシマ首相に反対しているわけではありません。彼女も人としては善人でしょう。しかし我々は、自分たちの意思決定を彼女の属人性に委ねたくはない。簡単に言えばそういうことです」

キャサリンの説明は率直すぎて誤解のしようがなかった。そこまで率直に語ってくれるのはキャサリンなりの好意なのかもしれない。西園寺はそんな気がした。

「我々はあなた方のパワーゲームの駒ということですか」

「率直に言わせていただくなら、あなた方は自分たちが持っている知識の価値がわかっていない。駒であっても、パワーゲームの盤上に居場所を得ることには、意味があるのでは？　あなた方に選択肢は無いんです。セラエノ星系に帰化するということは、そこに存在するパワーゲームに否応なく参加することを意味するんです」

「我々の知識にそれほどの力が本当にあるのなら、駒である我々がゲームの盤面を、いや、ゲームそのものを変えてしまうこともあり得るんじゃないですか？」

キャサリンは目を丸くした。この人は、正面切って誰かに反論されたことがないのではないか？　西園寺はふとそんなことを思った。

「そう、そういう反論を待っていた。盤面でもゲームそのものでも、あなたの信じる方向に変えてみてください。世の中、それで面白くなる」

「どうやら、いまここで結論を出すのは賢明ではないようですな」

「もちろんです、ただ時間は無限ではありません。それもお忘れなく」

そうしている間に、自動車はレストランの前に音もなく止まる。

「私はこれから、ラゴスに戻ります。あそこがオフィスなので。西園寺さんは食事でもなさってください。そちらのエージェントには支払いは済ませたことを伝えてあります。食事を終えたらタクシーが参ります。

そのままランカスターでお帰りになることもできますけど、タクシーのAIに命じればアクラ市内を自由に見学できます。タクシーのAIがすべて処理するので、有料の施設でも問題ありません。どちらでもご自由に。それではまた」

自動車はそのままキャサリンを乗せてサクラ湖に戻ってゆく。彼女のスタッフの車の姿はなく、おそらく先行してラゴス市に戻っているのだろう。

西園寺は知らなかった。キャサリンがその時、義兄のザリフにこう報告していることを。

「久々に、骨のある奴が見つかった」

一〇月一二日・工作艦明石

「三次元プリンターのマザーマシンを製作するって……可能なの？」

工作部部長の狼群妖虎にとって、後輩の松下紗理奈の提案は信じ難いものだった。彼女の所属は一〇日の深夜に津軽から明石に変わった。

津軽の西園寺艦長から「本人が希望するなら所属を移してほしい」と急な要請があったためだ。もちろん明石の側で当人を含めて反対するものは一人もおらず、そのままエージェントが書類を起草し、互いの宇宙船からやりとりして正式な帰属変更ができた。

書類そのものは、津軽のエージェントＡＩが処理しており、西園寺その人は惑星レアに降りているようだった。西園寺に何があったのかはわからなかったが、それを詮索する者はいなかった。

本当なら津軽から明石に私物の移動も必要だが、松下は明石に来るたびに私物を運び込んでいたので、運び込むものは既にない。明石の中では新顔だが、彼女の経歴と、それ以上に短期間で明石工作部に溶け込んでいたため、工作部副部長の職を与えられた。この抜擢にどこからも異論が出なかったことから、松下の溶け込みぶりがわかる。

そうした中で、いまや先輩から上司になった妖虎に対して、松下は工作部の部長室に現れ、そんな提案をしてきたのだ。曰く、三次元プリンターのマザーマシンを製造できると。

しかし妖虎も、その話はすぐには信じられなかった。理由は簡単で、三次元プリンターのメーカーは、三次元プリンターによって三次元プリンターを製造できないようにしているためだ。これは地球圏が植民星系を管理下に置くための切り札であるからだ。

しかも、この複製防止機能は、植民星系と地球圏の複製するか・阻止するかの一〇〇年以上に及ぶ闘争の歴史により、著しく進歩していた。今日《こんにち》では三次元プリンターを複製しようとする試みさえなされていない。

もちろんメーカーの工場では、三次元プリンターを製造するマザーマシンは存在している。そこで各種の工作機械が量産されるのだ。

だがすでに地球圏に三次元プリンターのメーカーはTDP社しかなく、特例として市場の独占が認められていた。そして競争相手となる企業は吸収されるか潰された。この状態が一〇〇年以上続いている。

さすがに単純な商品の製造業で用いるような小規模な三次元プリンターなら、普通の三次元プリンターでも製造できたが、家電より複雑な機械類の製造に用いる三次元プリンターの複製は不可能だった。

すでに高性能三次元プリンターのAIのリソースは、工作精度の改善には一割程度しか使われておらず、九割は複製防止のために使われているとさえ言われていた。そんなことに地球圏は一〇〇年以上も技術力を傾注しているわけだから、セラエノ星系でそうしたセキュリティ機能を解除できるといきなり松下に言われても、さすがに信じられないわけである。

「地球圏や六〇近い植民星系で科学の復興を行うためには、工業基盤のベースとなる高性能三次元プリンターの複製能力は必要不可欠です。なので機関学校時代から研究はしていたんです。さすがに正攻法では無理でした。

それをするくらいなら、昔ながらの旋盤とフライス盤で手作業で部品製造したほうが、まだ早いくらいです」

「でも、問題の本質はどちらかと言えば制御システムのAIではないの？」

その質問を松下は待っていたように見えた。

「いま三次元プリンターのメーカーはTDP社しか残っていませんけど、それは企業統廃合された結果であって、昔はもっと多くのメーカーがありました。知られているもので五社です。その中で、一五〇年前に倒産したＧＰＷＭ社という会社がありました。五社の中では技術力は一番あったんですが、市場競争に負けたわけです。ＧＰＷＭ社の高級品路線が、シェアの拡大には逆風だったたんですね。

一五〇年前なので、三次元プリンターの知財権の管理はいまほど厳格ではなかったのと、この会社のマザーマシン三次元プリンターは、機械の図面とシステムについてライセンスフリーで公開されていた時期があるんです。一〇年ほどの間ですけど。

ただＴＤＰ社がＧＰＷＭ社の一切合切の権利を買い取った時点で、ライセンスフリーのデータも消去されました。彼らにとっては当然の対応ですね」

「それでもＧＰＷＭのデータが一〇年公開されていたら、植民星系もそちらを活用しようとしたんじゃないの？　ＴＤＰが複製不能技術に力を入れてきたのは、要するに複製しようとした集団があったからでしょ？」

倒産したＧＰＷＭ社が自社の技術情報をライセンスフリーで公開していたという事実は、妖虎も初めて耳にする話だった。ただＴＤＰが市場を独占し、その権利が認められるまで、複数の同業者が存在していたことは彼女も知識としてはある。

「これはもうタイミングの問題なんです。一五〇年前、植民星系は近傍の二つか三つにすぎず、ほとんどの物資が地球からの持ち出し段階だったわけです。開発地の工業基盤もできていない状況なので、マザーマシンの複製を行うことは現実的ではなかった。

もう一つは、GPWM社の三次元プリンターはいま主流のTDP社方式とはかなり違っていました。黎明期の植民星系では、部品の互換性のない二つの規格を運用するのはまったくメリットがなかったわけです。

そしてライセンスフリーの図面とシステムが世間から消えてから、植民星系の開発が本格化したわけです」

「まぁ、話はわかったけど、一五〇年前のライセンスフリーのデータをどうやって手に入れるの？　あるいはTDP社のデータベースにならら残っているかもしれないけど、セラエノ星系ではどうやってもアクセスは無理でしょ？」

「持ってます、私」

松下は言う。

「機関学校のデータベースでGPWM社のデータのことを知ってから、密かに調べていたんです。機関学校のデータベースには保存されていた時期がありましたが、それは消去されました。

ところがカプタインbにある機関学校の分校に、ライセンスフリーのデータ一式が残っていました。正確には、最古のバックアップメディアの中ですけど。輸送艦津軽がカプタインbに寄港した時、そのバックアップメディアのなかから発掘できました。一度ではできず、カプタインbに寄港するたびに作業を進めて二年がかりで復元に成功しました。ちょうど一年前のことです」

松下がそんなことを一人でやっていたとは驚きではあったが、同時に、やっていることの内容を考えれば一人でやるしかない。

万が一にもこのライセンスフリーデータの存在が明らかになれば、TDP社や地球圏政府によりバックアップメディアごと消去されても不思議はない。三次元プリンターのマザーマシンのデータは、それだけ地球圏と植民星系のパワーバランスを変えかねない力がある。

「データのシミュレーションで実機として製造可能なことまでは確認しています。ただ、このデータをどのように公開するべきか？　可能な限り合法的に公開する方法は何か？　それを研究している時に、セラエノ星系へやってきたわけです」

「導かれたみたいね」

妖虎は本心でそう思った。松下の持っているマザーマシンのデータがあるかないかで、セラエノ星系での人類の可能性は天地ほども違う。

そして、松下がセラエノ星系にやってきたタイミングは信じられないほどの幸運だった。

一ヶ月以上前なら、津軽は何事もなかったように地球圏に戻っていただろう。

逆にあと一日予定が後ろにずれていたら、今度は彼らがセラエノ星系にワープ不能となっていたからだ。絶妙なタイミングが、松下のデータをセラエノ星系にもたらしたのだ。

「まぁ、いまの状況なら、このデータを活用してマザーマシンを製造しても問題はないはずよ。TDP社が文句を言ってくる可能性はないわけだから。

で、そのデータは具体的な三次元プリンターとして明石で製造可能なの？」

「可能です。幸か不幸か一五〇年前の他社製品で、しかも設計思想が異質なために、TDP社の三次元プリンターのAIも、それがマザーマシンになる部品だとは認知できません。

もちろん最初の一台は人間が手で組み上げる必要があります。

確かに最初の一台を組み上げるのは骨ですけど、明石の設備なら問題ありません」

どうやら松下は、この計画のために相当入念な準備を進めていたらしい。

一五〇年前の設計のマザーマシンを使用することに関しては妖虎も心配はしていない。工業技術の停滞が世紀単位で続いているため、工作機械としての性能にそれほど違いはないはずだからだ。

よしんば多少の性能が見劣りしても、三次元プリンターのマザーマシンが三次元プリンターを製造し続け、必要なら姉妹となるマザーマシンを量産することで、セラエノ星系の文明維持問題は大きく前進するだろう。

なにしろセラエノ星系をはじめとする植民星系には、マザーマシンは一台も存在しないのだ。その点でも松下の提案は重要だった。性能で劣っても、存在することに意味がある。うまくすればゼロから宇宙船の建造は無理としても、いまある宇宙船を維持し続けることも可能となろう。

「ただ将来的に量産するとなると、一つ、大きな問題があります。それについて先輩の意見を聞きたいんです」

「大きな問題って？」

「半導体です。地球圏とのワープが可能な環境だったら、三次元プリンターに必要な半導体は調達できます。しかし、セラエノ星系が孤立したいま、当面は半導体備蓄でマザーマシンを製作するとしても、それがなくなればマザーマシンも通常の三次元プリンターも製造できません。

なので、半導体を製造するプラントを建設する必要があるんです。さすがにマザーマシンでも半導体までは製造できません」

「半導体かぁ……」

セラエノ星系に半導体製造プラントなどはなかった。植民星系の中には半導体製造を行い輸出品としているところもある。しかし人口一五〇万人のセラエノ星系では、半導体は製造するより輸入するほうがコスト面で圧倒的に有利だった。

半導体の製造方法については、データベースにも情報はあり、妖虎にも機関学校時代に関連する実験を行った経験はある。

ただ、歴史の教科書にあるトランジスタのような半導体製造は容易でも、集積回路となると要求される技術水準は一気に高くなる。

さらに技術が停滞している時代だとしても、最新の三次元構造の集積回路となると、知財権の問題もあって詳細情報は公開されていない。製造技術が公開されている集積回路はやはり一世紀は昔のものだ。それとてセラエノ星系の技術や設備で製造できるかどうかは疑問であった。

「詳細は分析しないとならないけど、半導体製造には多種多様の薬品も必要になる。でも、人口一五〇万のセラエノ星系なら、工場ではなく実験室レベルの製造施設で需給は満たせるかもしれない。手持ちの半導体の損耗分の補塡に徹すれば、数はそれほど必要じゃない。

地球圏の半導体のような小型化を追求しないなら、一回り、二回り大きな集積回路で機能を置き換えることもできなくはないはず。

あるいは、製造する集積回路は一種類だけにして、回路の機能はプログラムで決めるようにすれば、生産はかなり楽になるはず」

「凄い！　さすが先輩！」

喜ぶ松下に、妖虎は言う。

「紗理奈、私のことは艦内では工作部長とお呼び！」

一〇月一二日・惑星レア軌道上

アーシマ・ジャライ首相は往還機ウーフーの機内にいた。目的地は軌道ドックであり、アイレム星系の知性体の調査に関する会議に出席するためだった。

しかし、はっきり言って、彼女がわざわざ軌道ドックに出向く必要はなかった。会議自体はネットワークを介して執務室の仮想空間でも実現できる。いくら貧乏な星系でも、軌道上と常に通信を維持できる程度の衛星網は整備されている。

それでも彼女が軌道ドックに向かうのは、首都を離れたいと考えたためだ。予想外のことが起こったからだ。

それは今朝のことだ。仮想空間経由ではなく、直接、首相官邸に二人の人物が現れた。ラゴス市長の哲秀とアクラ市長のモフセン・ザリフである。

アーシマが不安を覚えなかったといえば嘘になる。哲秀はかつての部下だからまだわかるが、モフセン・ザリフと一緒などということは、パーティか公式行事以外ではかつてなかったことである。

そもそもこの二人には、現職市長以外の共通点もなければ接点もない。前者はエリート行政官であり、後者は中小企業主から市長にのし上がった男。彼らの間には共通の知人さえ数えるほどだ。

「我々、三人だけで話したいことがあるのですが」

用件を切り出したのはザリフだった。アーシマは哲とザリフのどちらが主導権を握っているかを、それで知った。そして自分でも驚いたことに、それを自然に感じていた。

アーシマはザリフの要求を入れて、スタッフに執務室から三〇分だけ出ているように言った。つまりザリフに対して、時間を宣言したわけだ。

三人だけになり、やはり口火を切ったのはザリフだった。

「時間がないので、単刀直入に言います。哲市長とも話し合いました。我々は次の首相選を辞退します。つまり候補者不在となり、基本法の規定に従い、植民地政府の正当な首相は自動的に続投となります。アーシマ首相はまだ一期ですので、規定に従えば、あと一期は政府首班となることが可能です」

セラエノ星系が危機的状況にあると偵察戦艦青鳳の夏艦長が判断した場合には、彼女の司政官権限により、首相選挙を二年延期できる。

そうした形でアーシマ続投を提案したのは、ルトノ・ナムジュ内務大臣をはじめとする閣僚たちだった。それについては彼女自身も調べてみたが、確かに法律としては間違っていない。

しかしアーシマは、如何に地球圏との交通途絶という前代未聞の事態とはいえ、夏艦長の司政官権限を用いるのはやはり状況として危険すぎる気がした。

ルトノ内務大臣は夏艦長の人間性を根拠としていたが、そうした属人性に依存した前例は作りたくない。夏艦長の後継者が人格者である保証はどこにもないのだ。

とはいえ、哲秀やザリフを首相として、この難局に対応できるのか？　それもまた疑問だった。このためアーシマにしては珍しく、問題を先送りにしていたのである。

そんな矢先でのザリフたちの申し出だ。確かに基本法の規定では候補者がなければ現職が続投とある。もしもアーシマがすでに二期目であったなら、政府から独立した選挙委員会が候補者を擁立するという話になる。

だがアーシマはまだ一期目なので、彼女の決断次第で問題は解決する。

ザリフも哲もアーシマ政権二期目への協力を約束してくれた。それでもアーシマは即答しなかった。また即答できるものでもなかった。この件を閣僚たちが知っているのか、あるいは何らかの形で関わっているのかもわからない。

さらにマネジメント・コンビナートのこともある。孤立化したセラエノ星系で文明を維持するための新しい試みの中で、この二人の市長の申し出をどう繋げてゆくべきか？　そもそもアーシマはマネジメント・コンビナートによる文明の管理機構が成功した場合、政府機構はまだしも首相が必要なのかという疑問を抱いていた。

マネジメント・コンビナートにおいては、それぞれの課題についてのスタッフの自由な議論を保障しつつ、独裁を回避するために人事権は別の機構に委ねるものの、専門知識や専門技能の持ち主が意思決定者になるという原則で動く。そうした基本原則の元で、総合職の最たるものである首相に役割はあるのか？　そうした疑問を感じるようになっていたためだ。

とりあえず二人には用件は伺ったことだけを伝え、お引き取りを願ったが、この会見はアーシマの考えを再び乱した。

閣内からは選挙延期による事実上の政権の継続要請。そしていま選挙の当事者たちの立候補辞退による二期目の政権の要請。閣僚もさることながら、市長レベルからの続投要請を無視することは、社会の安定という点ではむしろマイナスではないのか？　そうも思うのだ。

　そんなことを考えながら、彼女は今日のスケジュールを変更し、ウーフーに乗った。ラゴス市から離れ、この問題を別の視点で考えたかったからだ。それというのも軌道ドックでの議題は、アイレム星系のイビス文明に関するものだからだ。人類文明という視点を否応なく意識させられるが、いまのアーシマにはそれが必要と思われたのだ。

　会議はいつものように軌道ドックのリング状の重力区画であった。ただ常駐人材が増えたために、重力区画の回転リングは部屋数が増やされ、ドック自体も発電能力が増強されていた。地球圏との貿易が途絶する中で、こうした機材が提供されるのは、イビス文明の存在をセラエノ星系政府が重視していることの証《あかし》であった。

　もっとも無から有は作れない。これらの機材は、セラエノ星系でもっとも老朽化しているワープ宇宙船の駆逐艦潮《うしお》を解体して流用したものだった。星系内しかワープできない宇宙船であるが、稼働率は低く、むしろ潮の乗員を他の宇宙船の稼働率を高めるための補充要員とするほうが有利という判断による。

　軌道ドックで働く人間は増えていたが、対照的に会議に参加する人間は三〇人もいなかった。主なメンバーは政府職員と、工作艦明石、偵察戦艦青鳳の乗員であった。他はアーシマの知らない専門家が二名だった。

事前の情報によると二人とも農学者・生態系学者で、イーユン・ジョンという女性と下田カンという男性だ。共に四〇代で、ラゴス近郊にある惑星レア最大のカラバス農場に勤務する同僚だという。

ただ、この会議においては惑星科学の専門家として参加していた。アイレム星系を調査するにあたって不可欠な分野である。しかし、セラエノ星系に限らず、植民星系の多くでもっとも層が薄いのもまた惑星学や天文学の専門家であった。

地球圏との貿易に依存している植民星系では宇宙船乗りは多いが、彼らにしても宇宙船の専門家であり、宇宙の専門家ではない。自動車が運転できても、自分が走っている道路について土木工学的な知識までは必要ないのと同じだ。

「まず工作艦明石として、一つの事実を報告します。ギラン・ビーが分解する直前、使い捨てのマイクロサテライト八個を軌道上に放出しました。これがパイロットの判断によるのか、機械的な偶然なのかはわかりません。はっきりしているのは惑星バスラを周回し、観測している衛星が存在し、それらは遠からず大気圏内に突入して燃え尽きるということです。

これらの貴重なデータを回収するためには、アイレム星系に宇宙船を送る必要があります。それに対する明石からの提案は、このようなものです」

　会議は明石艦長の狼群涼狐の説明ではじまった。この一〇日ほどの間に、会議開催の宣言やら挨拶の類《たぐい》はほぼ無くなったという印象をアーシマは受けていた。儀式的なものが省略されるのは、それだけ危機感が共有されているからとアーシマは解釈していた。

「明石からの提案は、アイレム星系に観測拠点を設け、そこから継続的な調査を行い、可能であれば、生存が予想される椎名ラパーナの救出まで繫げることです」

　そうすると視界の中に映像が浮かぶ。パーソナルエージェントによる拡張現実だろう。それは軽巡洋艦コルベールだった。ただ艦の中央部分にはトラス状の梁《はり》が一本、二〇〇メートルほど伸びており、この梁を中心として放熱板や観測アンテナ、さらには円筒形の居住モジュールが四つほど増設される形だ。

　一言でいえば、最小構成の宇宙ステーションを軽巡洋艦に取り付けた形だ。宇宙ステーションの基本構造である梁は明石に格納され、現地で組み立てられてから、軽巡洋艦に取り付けられるようだ。

「この施設を我々はアイレムステーションと呼んでいます。宇宙ステーションとしては貧弱なものに見えますが、現状ではこれがベストと考えます。

　地球圏との交通途絶という事情を考えるなら、アイレム星系に建設する拠点に投入できる資材には限界があります。またマイクロサテライトのデータ回収という時間的制約を考えるなら、このような観測拠点となるでしょう。電力やセンサー、分析のためのスーパーコンピュータは軽巡洋艦から提供される形になります。

さらにこの拠点には、椎名が乗っていたのとほぼ同じ、ワープ可能なギラン・ビーも搭載されます。惑星バスラ近傍ではギラン・ビーが情報収集にあたり、そのデータを拠点が収集分析する形になります。

イビスの反応如何によっては、他の機材は投棄し、軽巡洋艦だけが帰還することになります」

「ギラン・ビーは間に合うの？」

ワープ可能なギラン・ビーは、椎名が乗った一機だけと聞いていた。これから製作して間に合うのか、アーシマは疑問だった。

「間に合います。前回の調査では完成したのは一機ですが、初めての試みなので、工期遅れに備えてバックアップ機も用意していました。それに今回は可能な限り惑星軌道上には進入せず、衛星投入や遠隔からの惑星探査に終始することにしました。

このため一号機ほど必要機材は多くなく、三人の人間が一週間程度は生活できるだけの空間が確保できました」

どうやら調査の中心は惑星近傍まで接近するギラン・ビーであり、コルベールはそのバックアップであるようだ。

「首相の許可が得られるなら、二日後にはアイレム星系にアイレムステーションの設置が可能です。明石の滞在期間は概《おおむ》ね三六時間を予定しております」

狼群涼狐はそう提案を締めくくろうとしたが、アーシマがそれを止める。

「ちょっと待って。明石の滞在期間とはどういうこと？　コルベール単独じゃないの？」

「コルベール単独では必要機材を搭載してワープすることはできません。また施設を組み上げるなら、コルベール単艦で不可能ではありませんが時間がかかります。短期間ですべてを終わらせるなら、明石を伴うのが一番です」

「それは認められません」

アーシマは明言する。それには青鳳の夏艦長も驚いていた。

「数時間前に秘書室を通じて明石からの報告を受けました。三次元プリンターをセラエノ星系だけで量産可能な方法を発見したというものです。製造は明石で行うそうですが、もしもその報告が本当なら、明石の安全はセラエノ星系一五〇万人市民の運命を左右します。これは決して誇張などではありません。

それを考えるなら、明石をセラエノ星系に送るなどあり得ません」

「しかし、首相、三六時間ですよ」

涼狐はそう言うが、アーシマは聞かない。

「イビスについて何もわかっていない状況です。三六時間が三六分でもダメです。コルベール単艦では無理というなら……津軽に行ってもらいましょう。津軽でも必要な機材はすべて積めますね？」

「それは輸送艦ですから。しかし、明石については我々で決められますが、津軽については我々には何もできませんが」

涼狐が明石を同航させようとしたのは、そうした宇宙船の管理手続きの問題もあったようだ。アーシマはすぐにその場にいる夏艦長に対して、セラエノ星系政府のプロジェクトのため津軽に出動命令を下すよう、要請した。現在のところ、津軽は夏艦長の命令に従う義務があった。

涼狐は後のことを工作部長の妖虎に委ね、自分はすぐに軌道ドックに停泊中の明石に戻っていった。明石の同航が認められないとしたら、すぐに津軽の出動に対する実務面の準備を始めなければならないからだ。

妖虎の傍には、津軽の運用長だった松下がいた。すでに明石の一員になっている。三次元プリンター問題を解決したのは彼女とも聞いている。考えたらワープ機関に関する博士号取得者二名がここにいることになる。

「惑星バスラについて現時点で判明している事実関係を説明します」

アイレムステーションの概要がまとまると、先ほどの農学者二名が緊張した面持《おもも》ちで、アーシマに説明を始める。確かにこんなことでもなければ、惑星最大のカラバス農場のエンジニアとはいえ、アーシマと話をする機会などなかっただろう。説明を始めたのはイーユン・ジョンの方だった。

「我々が活用したのは青鳳と明石の観測データ、さらにギラン・ビーからの映像などです。イビスとの関係性は不明ながら、惑星バスラには人類の他の植民星系では観測されなかった特異な現象が認められます」

そう言うと惑星バスラの精密な映像が浮かぶ。海陸比が三対七という、人類が知る限り地球型惑星で最も海の比率が低かった。また内陸部は緑の植生が多いものの、海岸付近は黒緑色の植生が支配的だった。

「G型恒星ですがアイレムの輻射熱量はセラエノよりもやや少ない。現在の軌道半径と輻射熱量から計算すると、惑星バスラの平均気温は氷点下にこそなりませんが、それでも現在より一〇度近く下がるはずです。それが現在の気温で維持されているのは、この海岸線周辺の黒緑色の部分が恒星の輻射熱を吸収しているためです。

問題は、この黒緑色の植生は何か？　です」

惑星の映像は急激にある部分を拡大する。それは沿岸近くの比較的大きな島に見えた。島全体が黒緑色だ。しかし、映像がもう一つ重なる。それも同じ島の姿らしいが、細部の形状が微妙に変化し、さらに驚くべきことに、島は位置を変えていた。

「島が動いている？」

「動いています。ただし、これは島ではなく、海藻というか浮草のようなものです。これらの浮草の島が海洋に占める総面積は大陸規模になります。つまりこれだけの面積の浮草が海洋を覆っているために、惑星の平均気温は上がっている。事実この黒緑色部分は、山脈も何もない。一様に平坦です。つまり造山運動の影響を受けていない。

こうしたことを考慮して海陸比を計算すると三対七などではなく、六対四という数字が導かれます。確かに不思議でした。酸素分圧のわりに海洋面積が小さすぎましたから。ですが、この比率なら納得です」

それは確かに興味深い話であろうが、いまここで議論すべきものなのかアーシマには疑問だった。イーユンは続ける。

「惑星の地形に関して分析したところ、この惑星に激しい気象変化が起こった痕跡はありません。どんな地球型惑星でも土砂崩れや河川の氾濫《はんらん》の痕跡が確認されるものですが、惑星バスラにはそれがない。理由は海洋植物の色素変異によるアルベドの変化と思われます。

惑星バスラでの我々の観測時間はわずかなものですが、軌道上からはアルベドの変化が認められ、しかもその場所を移動させていることがわかりました。その変異はわずかなもので、五光年離れたセラエノ星系からは感知できませんが。

このような生態系はかつて観測されたことがない。六〇近い植民星系のいずれからもです」

「何が言いたいのです？」

アーシマは何か不吉な予感を覚えつつ、結論を急がせる。

「惑星バスラは、シミュレーションで予想される惑星環境とはかなり異なる。それは我々の惑星科学の知識不足である可能性も考えられますが、もう一つの可能性も否定できない。

それはイビスが大規模なテラフォーミングを行なっている可能性です。惑星環境が観測した範囲で安定しているのも、テラフォーミングにより気象も制御されているからと解釈すれば筋は通ります。

最終的にイビスが求めている惑星環境がどのようなものかは不明ですが、大気組成に占めるメタンや二酸化炭素などの温暖化ガスの濃度が、地球や惑星レアと大差ないことを考えると、少なくとも気温に関してはこれ以上の変化を彼らは期待していない。テラフォーミングの完成は近いのかもしれません。

いずれにせよ惑星バスラの地表に都市が建設されていないのは、テラフォーミングが進行中だからと考えられます。彼らの拠点が地下にあると推測されることとも、整合性がとれると思われます」

イーユンはそう言って説明を終えた。そして夏艦長が発言を求め、アーシマから許可される。

「いまのテラフォーミング説が正しいとして、さらにイビスもまたワープ航法を活用していることから判断して、一つ疑問が生じます。

私の知る限り、テラフォーミングには世紀単位の時間がかかる。我々の知る範囲でイビスの技術力は我々と極端な違いがないことを考えるなら、彼らもやはり世紀単位の投資をこの惑星で続けていたはずです。

しかし、人類が二世紀足らずの間に六〇近い星系植民を成功させたことを考えるなら、イビスがテラフォーミングを行う理由がわかりません。それだけの時間があるなら、より有望な星系を探すほうが経済的でしょう」

「夏艦長は、そこをどう考えているの?」

アーシマの問いかけに夏艦長は答える。

「わかりません。ただ、イビスの星系植民事業は何らかの問題を抱えている可能性があります」

5　バシキール

ギラン・ビーのシステムの時刻表記を信じるなら、椎名が三人のイビスと遭遇したのは、一〇月一五日のことだった。リーダー格は赤エプロンに赤ストラップのエッツ・ガロウで、他の二体は、赤エプロンに青ストラップのエッツ・ラグ、エプロンもストラップも青なのがエッツ・ニカという名前だった。ここまではすぐに確認できた。

エッツだけが共通なのだが、これが意味するものが椎名にはわからない。三人は共同生活をしているので家族であり、エッツはそのことを意味しているのだろうという推論はつく。ただ、椎名と対峙しているのがこの三人だけであるので、エッツはそうした役割もしくは仕事を表す可能性もある。たとえば外交官を意味するような場合だ。

それでも椎名は直感として、この三人が家族であることと、エッツが共通であることは無関係ではないと思っていた。ただ家族としても、この三人は兄弟姉妹なのか、夫婦なのか、親子なのか、そこまではわからなかった。

訊けばすぐわかる類《たぐい》の謎ではあるが、その質問ができるほど互いの言語理解は進んでいなかった。そもそも家族関係を尋ねようとしても、前提となるイビスの生殖方式がわかっていない。

さすがにこれだけの大型生物が、微生物の細胞分裂のように大人一体から子供二体が生まれたりはしないだろう。だが雌雄一体で生殖する可能性となれば簡単には否定できない。そしてその場合のイビスの家族の概念は、簡単には人類に理解できないだろう。

そんなことを思うのは、イビスにより怪我を治療されていた時のことだ。身体のあちこちに電極のようなセンサーを取り付けられていたにもかかわらず、子宮に関しては何も触れられていなかった。

生殖器だから触れなかったのか、機能不明の臓器だから積極的なモニタリングをしなかったのかはわからない。循環器系や消化器系に対する積極的とも言える検査に対して、生殖器系に関してはほとんど何もしていない。前者の二つはイビスにもあって理解するのは容易だったが、人類のような生殖器はないのかもしれず、そうであるなら生殖方式もまた人類には未知のシステムなのだろう。

いずれにせよこの三人の関係性を知るのは、まだ先だ。事実として三人の中でエッ・ガロウだけは妊婦のように腹が膨れていたが、これも理由はわからない。エプロンをしているし、肉体としてどうなっているかはわからない。

人間だって肥満体はいるし、三体のイビスの体型の違いも種族的なものか、個体差なのか、サンプル数が少なすぎて結論はまだ出せない。

最初にこの三人と遭遇した一五日から、椎名の生活は変化した。エッ・ガロウは初対面の時から、椎名に積極的に話しかけてきた。驚いたことにガロウは、人間の言葉を思った以上に知っていた。少なくとも椎名がポポフに教えた以上の語彙《ごい》がある。

ただし、語彙はそこそこ豊富でも、単語の使い方はかなり的外れだった。しかし、しばらく間違いを指摘する中で、椎名はガロウの言葉の間違い方には規則性があることに気がついた。

どうしてそんな間違い方になるのかわからないが、ガロウの言葉は文法は正しかった。基本的に、主語・動詞・目的語・補語か、あるいは主語・動詞・目的語という形式を守っていた。それが出鱈目《でたらめ》なのは、品詞の順番こそ正しいが、組み合わせがおかしいものが多いのだ。たとえば「私は　行く　駅に」も「私は　行く　林檎に」も品詞の並びは正しいが、後者は意味を成さない。そうした事例が多いのだ。

一番わからなかったのは、ガロウがイビスという単語を知っており、しかもそれが名詞であることも理解していたことだ。もっとも名詞であることは知っていても、「イビスは移動する血圧を」とか「イビスはなる脈拍に」のような、構造は正しいが意味不明の文章にしかならない。

もちろん中には「イビスは正しい」とか「イビスは正常だ」という意味の通じる文章もあったが、構文の半数は意味が通じて半数が通じないとは、つまりガロウは意味については何もわかっていないということだ。イビスという単語が、自分たちを意味することさえ理解されているのか疑わしい。

どうしてガロウはイビスを知っているのか？　セラエノ星系に設置された通信衛星にしても、イビスという単語を傍受して転送するのは五年後であるし、そもそもイビスとは衛星が解体されてから生まれた単語であるから、いずれにせよ彼らが知るはずがない。

ギラン・ビーから読み取った可能性もまた低い。なるほど修理はできたかもしれないが、それもギラン・ビーが分解するプロセスを高精度で記録してゆけば、切断された部分を再結合できるだろう。

ギラン・ビーは事故現場に投入されることを想定して、基本的なユニットは急な電源喪失でも回路を守る設計だ。だから切断された配線やケーブルを正しく結合すれば修理は可能だ。ただハードウエアを修理できるのと、システムを再起動できるのとは意味が異なる。じっさい彼らがシステムを起動した形跡はなかった。だから、そこからイビスという単語を知ることは不可能だ。

そして椎名はあまりにも単純な事実を忘れていた。あまりに単純すぎて、見落としていた自分が馬鹿のようだ。

それは椎名がつぶやいていた独り言も、ポポフは完全に記録していたという事実だ。イビスは、椎名とポポフとの会話と意思疎通のやり方を通じて、文法をほぼ特定し、品詞分解が可能なものについて、独り言を分析していたのだ。

椎名はここで、ガロウが自分と意思疎通を成立させたいという強い意志を持っていることを前提に、方針を転換した。現状で自分に使えるのはギラン・ビー搭載のAIしかないが、イビスにはそれ以上の能力を持つAIや組織力があるはずだ。

だから基本的にイビスに椎名の言葉を学ばせる。もちろん椎名の側もAIを用いてコミュニケーションを成立させようとはするが、基本は人間として自然体で通すことにする。互いに相手の言語を理解するために意図的なアクションを仕掛けることは、相互理解を増すよりも、誤解を拡大するリスクが少なくない。だからあえて椎名の側は動かないと決めたのだ。

客観的に見て現状を例えるならば、一つの方程式に、人類とイビスという二つの変数があるようなものだ。方程式一つに変数二つではどちらの変数も定まらない。

しかし、椎名が自然体で振る舞い、イビスに合わせようとせず、ただイビスが椎名を理解しようとさえすれば、方程式一つに椎名という変数一つとなり、解は一意に定まるわけだ。

もちろん椎名は人間側からの意思疎通を捨てたわけではない。言語理解はイビスに主導権を渡しつつ、彼女はガロウを観察し、相互理解の前提となる事実関係の蓄積に傾注したのだ。

じっさいイビスの観察で見えてくるものも多かった。一つは遠くからではわからなかったが、手を伸ばせば届くほどまで近づくと、彼ら三人は体表面に高分子の透明膜のようなものを貼り付けていた。

つまり身体全体を透明膜で包み、その上でエプロンを着用しているということだ。また嘴《くちばし》の周辺にも何か金属製のネットのようなものが認められた。エンジニアとして椎名は、それが電場を利用して、微細な粒子を弾《はじ》き飛ばす機構であることがわかった。

椎名はこれが何を意味するかがわかった。身体を透明膜で包み、呼吸器官と思われる嘴の周囲にウイルスレベルの微粒子も排除できる機構を用意しているというのは、つまり椎名が持っている地球由来の微生物を恐れているか、もしくは彼らが持っている微生物が人類に有害である場合だ。

少なくとも彼らは、椎名の排泄物から腸内細菌などについては分析しているだろう。その結論が透明膜であり嘴の電極だ。ただ人類が植民星系を建設する過程でわかったのは、異なる惑星の微生物が必ずしも人類に対して致命的な存在ではないことだった。

一つには人体の細胞性免疫は予想以上に強力で、そう簡単に他星系の微生物が人体で繁殖することを許さなかったという事実がある。免疫系とは別に、他星系の微生物にとって人体は、体液の浸透圧や体温などあまりにも異質な環境であり、容易に繁殖できないという事実である。

俯瞰してみれば、六〇近い植民星系の生物群は炭素主体でDNAやRNAを持っている共通点はあり、生態系の様相は植物があり動物が存在していた。しかし、ミクロな視点で見れば、細胞の構造レベルで相違があった。

だから六〇近い植民星系の結節点である地球圏の生態系が、他星系の外来生物に侵食されるという事例はほとんどなかった。むろん星系を跨《また》いで生物が土着した例もあるにはあったが、いずれもレアケースであった。

だからイビスによる微生物への防備というのは、椎名にはいささか神経質に思われた。単純に人類という未知の存在を警戒しているだけかもしれないが、あるいは別の理由があるのか。

イビスが椎名の持っている微生物にかなり神経を尖らせているらしいのは、その日のうちに明らかになった。ガロウたちに促されるままに、椎名は再び格納庫から医務室の方に戻った。

ギラン・ビーのパーソナルエージェントは椎名との接続を維持していた。ただ接続速度はやや低下していた。ここが地下施設ということを考えれば、不思議ではないだろう。

ガロウは自分を最初の医務室に連れてゆくのかと思ったが、通路は途中から記憶と違っていた。廊下が続くと思われていたところが壁になり、壁だった部分に新たな通路が通じていた。そのことは、記憶と異なる部分から壁の色が変わっていることでわかった。

椎名はポポフが描いた通路を思いだす。組み替えられた通路は、そのまま進めば再び格納庫に出るはずだった。つまり彼女はいま、通路と格納庫で閉じた空間にいることになる。この先、ここで生活しても、椎名から放出される微生物はこの閉じた空間から外に出ることは避けられる。

格納庫には巨大宇宙船があり、相当数のイビスが乗り込んでいるはずだが、宇宙船なら防疫は完璧なので問題はないのだろう。

「椎名の家」

ガロウが初めて言葉を発した。嘴を動かし、何か音が出たようだが、音声そのものはエプロンから発せられた。

ドアが開き、そこには部屋があった。大きさは医務室ほどで、通路に面して出入り口がある。

椎名がこの地下施設に収容されてからの一週間近い時間の中で、イビスは彼女の生活空間についてかなり学んでいたらしい。そこにはギラン・ビーから分析したものもあった。入口のある部屋には正方形のテーブルが一つあり、そこに椅子が一つ用意されていた。家具はそれだけだが、机の上にはトレイが載せられており、その上には食事が用意されていた。

それもまたギラン・ビーに用意されていたレーションで、ベースは糖質やタンパク質を脂質で固めたペミカンだ。角砂糖ほどの大きさのブロックにされているのは、宇宙服を着用したままでも摂取できるようにだ。宇宙服内の給水チューブをマガジンにセットしておけば、食料ブロックを口元まで移動してくれるので、食物を摂取できるのだ。

ペミカンにはナッツなども混ぜ込んでいるが、いまになってこれが提供されるのは、分析と合成にそれなりの時間が必要だったのだろう。

ただテーブルの上には他にもトレイが三つあったが、なぜか席に椅子は用意されていなかった。

テーブルのある部屋から時計回りに移動すると、隣の部屋には人間が入れるほどの透明な筒状の小部屋が二つある。一つはトイレ、もう一つはシャワー室だ。

どちらもギラン・ビーに備えられていたもので、イビスが複製したらしい。ギラン・ビーは現場で数日作業することを考慮して、強力な気流を用いたトイレと、容器の中で周囲から水流を当てるタイプのシャワー室がある。いずれも無重力状態での使用を考慮したものだ。

今回のミッションではこれらは不要と思われていたが、撤去すると水や空気の循環システムに手を加えねばならず、改良が大規模になるのでそのまま放置されていた。椎名としてはデッドウエイトと思っていたのだが、いまそれがここで生きたことになる。これらの設備も、医務室でイビスが学んだことが反映されているのだろう。

その部屋からさらに進むと、ベッドが一つだけ置かれている。他には家具らしいものはない。これは医務室にあったものほど高度ではなく、確かに上下からスポンジのような素材に挟まれる構造だが、それ以上の機能はないようだ。バイタルの計測はしているかもしれないが、壁には計測結果を表示するモニターはない。

四つめの部屋は、何一つ家具がなかった。将来的に何かが運ばれてくるのかもしれないが、いまは空っぽだ。そしてさらに進むと最初のテーブルの部屋になる。この部屋だけ外部に通じるドアがあるのは、おそらく食料を提供する都合だろう。食事を運んでくるのがロボットなのかガロウの仲間なのかはわからないが、微生物への接触は最小限度に抑えられる。

しかし、椎名の予想は外れていた。確かにここは椎名の「家」なのであったが、ガロウたち三人もまたこの家で生活を始めたのである。そしてポポフも家の中にいたが、ほとんど椎名の目に触れることはなくなった。

このイビス三人には明確な役割分担があった。椎名とのコミュニケーションを担当していたのはガロウただ一人である。ラグはそんなガロウのサポートをする。筆記具の手配やら大型モニターの準備などの雑用はラグの仕事だ。ニカについては、家事全般を担当しているようで、何もない部屋かベッドのある部屋で椎名とガロウが接触をしているときに、食事の準備や椎名のための新しい着衣を提供してくれた。ポポフを活用しているのもニカらしい。

着衣は、椎名が最初に着用していたものを完璧に複製したものだった。おそらく毎日の着替えの中にはオリジナルの着衣もあるのかもしれないが、肌に身につけている限りでは感触による違いはわからない。

もっともこの想定はイビスが着衣の洗濯をするという前提であって、微生物の増殖を恐れてすべて焼却している可能性もあった。

四つの中で、何もない部屋が三人のイビスの居場所で、外部との唯一の出入り口がある食堂が共有、ベッドのある部屋とトイレのある部屋が椎名の生活空間ということらしい。

食事の時間は、彼らなりの椎名の観察結果によるのか、決められた時間配分で提供された。朝食、昼食、夕食に相当するようで、夕食から翌日の朝食までの一二時間の間に睡眠をとる。

イビスたちも睡眠はとったが、横になることはなく、立ったまま眠っていた。さすがに壁に寄りかかっていたが、それで安定していた。エプロンのストラップは睡眠中に姿勢を安定させる意味もあるらしい。

椎名に合わせているのか、イビスの食事周期なのか、ガロウたちも椎名と同じ時間に食事を摂《と》った。椎名の食事はペミカンと水という簡素なもので、不定期にレーションのプロテインバーが提供されることもあった。

こんな食事が椎名だけなら、虐待であると抗議するところだが、驚いたのはイビスたちの食事だった。テーブルのトレイの上に用意されたのは、鉛筆ほどの太さと長さのパスタを思わせる食べ物だ。形状と質感はそっくりで色だけが違う三種類が並んでいる。ただ本数は異なり、ラグとニカは八本ほどだが、ガロウは倍の量があった。他人の倍量を食べるから肥満なのか、妊婦だから栄養が必要なのか、それはわからない。ただラグもニカも、ガロウが大食であることに疑問も不満もないらしい。

食事はナイフやフォークもなく、イビスたちは嘴で器用にパスタを食べてゆく。椎名は鳥がミミズを食べる光景を思い出した。

椎名も彼らの真似をして、トレイに並んだペミカンのブロックを手を使わずに食べてみようかと思ったが、それが相互理解につながるかといえば、あまり意味はなさそうなのでやめた。

流動食をやめた当初、食事はギラン・ビーに備蓄されていたレーションだった。無重力空間での食事を想定し、ビスケットやクラッカーで容器に入ったパテを掬《すく》って食べる方式なので、フォークとかスプーンなどは付属していない。

つまりイビスは人類の食器の存在を知らない。だからペミカンをトレイに乗せて放置している。そう考えると、いつものように指で摘んで食べることも躊躇《ためら》われた。しかし、いまさら取り繕っても手遅れだ。

興味深いことに、イビスは椅子に座ることなく、立ったままで食事をしていた。身体を折り曲げはせず、トレイを持ち上げて食べている。もしかすると食事用テーブルの高さは椎名に合わせてあるだけで、イビスだけならもっと高いのかもしれない。

しかし、自分だけ座っているとイビスたちから見下ろされ、子供になったような気がした。

また椎名が知る範囲では、イビスたちはレーションやペミカンを食べたこともなければ、椎名に対して例のパスタのような食物を食べるように強いることもなかった。

ただ高度な文明を持つイビスにしては、この食文化の貧困さは椎名には意外に思われた。それとも椎名の食事から、人類の食文化が貧困であると判断され、人類に合わせてくれたのか？

椎名はとりあえずこの機会を利用して、互いの食品の名前を知ろうとした。

「これはタバである」

ガロウはそう言った。そして椎名の食事がペミカンであることも了解した。食物の名前自体はそれほど重要ではなく、互いの言葉を理解するために手順を確かめるのが目的だ。少なくとも椎名はそのつもりだった。

このようにして二日が経過すると、ガロウとの意思疎通もかなり可能になっていた。ただしいまのところは日常生活を送る上での話である。イビスの母星はどこであるのかというような次元の話までは進んでいない。

予想されたことであるが、ガロウもまた外部のイビス集団と繋がっているらしい。仕草として、椎名がパーソナルエージェント経由で外部と連絡を取るときと同じような反応をすることが、ガロウにはあるからだ。ラグやニカにはそうした反応はみられない。

椎名は例の鉛筆を使って抽象的な議論にガロウを誘ったこともあるのだが、それに対しては「しない」と返事をするだけだった。これは椎名の日常生活を学ぼうとする態度とはまるで違っていた。

イビスたちには椎名とのコミュニケーションをどのように進めるべきかについて、方針の迷走があると椎名は感じていた。ポポフと築いた共通の単語については、すでにほぼ使われていない。それは明確な方針に基づいて相互のプロトコルを築いているというよりも、試行錯誤の連続という印象を椎名に与えていた。

YES・NOレベルの了解こそ順調に出来上がったものの、それだけでは伝えられない概念があまたあることが明らかになり、イビスは絵を描いたり、遂には直接的なコミュニケーションに踏み出したようだ。

もっとも、だからポポフとの交流や経験が無駄だったというのも言いすぎで、その経験があればこそ彼らも軌道修正できたのだろう。

ただ、ここまで試行錯誤が続くということは、イビスが接触した経験のある知性体は人類だけなのではないかという印象を椎名は強くしていた。

同居から三日目の一七日には、ポポフによりギブスも外された。これにより身体を使った意思疎通も本格的に行われるようになった。予想していた通り、イビスたちは治療中の椎名の動きを徹底して観察していたらしい。

どうもこのような対応を決めているのはガロウその人であるらしい。イビス社会の構造は不明だが、社会的に発言力がある立場なのは間違いなさそうだ。

それでも朝起きて夜眠るまでの日常生活については、概《おおむ》ね話が通じるレベルまで相互理解が進んでいた。椎名にとって一つの収穫は、イビスも眠ることだった。彼らの母星も自転して、昼夜の区別があるのだろう。

ただ夜行性なのか、そうではないのかはわからない。ここは地下施設なので恒星の運行などわからない。椎名は室内の明るさに反応して寝ているが、イビスもそれは同様だ。

ガロウたちと暮らす前の医務室では、椎名が眠ってから照度が落とされていた。それは生理状態に合わせた照明だった。しかし、いまは時間割に沿って室内照明が調整されている。エージェントによると、それは惑星バスラの一日を投影していると思われた。ギラン

・ビーが地下の異変を探知したあたりの日照時間を反映しているという。
イビスは何かの方針を持って椎名との接触を続けていたが、椎名もまたコミュニケーション戦略を練っていた。日常生活の延長で、ガロウと具体的な話ができる対象。それはイビスの身体情報だ。

ギラン・ビーのＡＩも幾つかの学びがあり、イビスの数字に対して、人類の単位に変換してくれるようになった。これによりガロウは身長一八七センチで体重は七六キログラムであることがわかった。椎名も身長一七〇センチで体重は六〇キロと答えたが、それはイビスたちの単位に変換されて伝わったらしい。

そうして骨格や筋肉の名前などはわかるようになっていた。ただこの作業の方法論は互いに了解できたものの、名称には苦労することになる。人類とイビスでは骨格の構造も異なり、そこから派生する筋肉の数もつき方も違う。

だから椎名とガロウは、人類とイビスの骨格と筋肉の構造図を作り上げることに没頭した。互いの生物としての違いを把握するのは相互理解の基礎だというのもある。

だがそれ以上に重要なのは、こうした新たな単語を作り上げる手順が、ＡＩへの教育効果を持つからだ。

そうした学習はここまでも行ってきたが、全体として一貫性はなく、少なからず場当たり的な学習であった。しかし骨格や筋肉系は、新しい単語を作り上げるプロセスをAIに学ばせるのに最適と考えたのだ。

それを椎名は、ガロウに身振りも交えて提案した。AIというのは概念であり、普通ならかなり困難であるはずだったが、イビスもまた社会の中でAIを多用しているのか、比較的容易に理解してくれた。ポポフが存在したことも理解を容易にしたのだろう。

椎名の提案にガロウも賛意を示した。どうやら彼《か》の人も同じようなことを考えていた節がある。椎名にはそれは興味深い事実だった。椎名の提案はあくまでもギラン・ビーのAIの使用を想定したものだったのだが、ガロウは、それは自分たちのAIについても有効と考えていた。

つまり具体的な回路や構造は違うとしても、イビスのAIも思考モデルは多くの点で共通であるということだ。しかし、互いにAIを用いた言語翻訳の試みは予想外の結果を生んだ。

モデル構築が始まった。作業ツールはイビス側が提供した。いままでのやり取りから操作性は椎名にも容易に理解できた。三次元作画ツールの一種と割り切ればいいのだ。作業は椎名とガロウだけで行われた。ラグもその場にいたが、ガロウと何か会話するだけで、ほとんど立っているだけの存在だった。そしてニカはいわゆる家事を担当しており、椎名たちのモデル構築の場には顔も見せなかった。

こうして作業は進み、骨格と筋肉の構造についてのモデル構築がほぼ終わった。この時点で一つの事実が確認された。イビスはアイレム星系土着の知性体ではなく、宇宙船で他の星系からやってきたという。

ただ、椎名がガロウからここまでを確認するためには、いくつかの単語の意味の確認が必要で、現時点ではこれ以上の情報を知ることは難しかった。ガロウもまた椎名たちが他の星系からセラエノ星系にやってきたことは理解してくれた。セラエノ星系にどこかの文明が入植したことは彼らもすでに知っていたのだ。

そして作業はさらに進む。

「次の段階として、消化器系の構造についてモデル化したいと思う」

椎名がそう言った時、ギラン・ビーのＡＩは鳥の囀《さえず》りのような音声を椎名のスピーカーから発した。

「椎名の意見に賛同する」

それはガロウのエプロンのスピーカーから椎名の声で再現された。互いのＡＩの行動に椎名だけでなく、ガロウもまた驚いていた。

いままで互いのＡＩは、イビスの音声が人間には理解できないため、人間の可聴域で、

ＳＶＣとかＳＶＯＣ構文の人間側に寄った人工言語でのやりとりに終始していた。イビスのＡＩはそのように翻訳していたし、椎名でさえ自然言語をＡＩによって人工言語に翻訳していた。

だが人類とイビスのＡＩは翻訳作業の中で、人工言語を介する非効率な手段ではなく、互いに相手の言葉を直接翻訳するほうが効率的であることを学習したのだ。もちろんそれは、人類とイビスの間を仲介する人工言語があればこそ可能なものではあった。

しかし、ビルを建てる足場も、工事中は必要でもビルが完成すれば解体されるように、双方の言語の直接翻訳が可能となると、人工言語は不要な存在となったのだ。

これには椎名の（おそらくガロウも）大きな誤解があった。イビスの囀りは人間には聞き取れない。だから中間言語が必要だった。

だが、パーソナルエージェントのセンサーは可聴域外の音声でも捕捉できる。ギラン・ビーのＡＩはそうやって人工言語とは別にイビスの言葉を直接学んでいたのである。そしてイビスのＡＩとの間に、イビスにさえ聞き取れないほどの高速の音声回線を開き、ＡＩ相互の共通言語を開発して互いの音声データを比較検討していたらしい。

そうして互いのＡＩが人工言語の使用よりも直接翻訳のほうが効率的と判断した段階で、持ち主の自然言語を相手種族の自然言語に翻訳する方式に切り替えたのだ。

異質な知性体が作り上げたＡＩ同士が、独自のプロトコルを構築し、相互にデータ交換を行って人類とイビスの言語を翻訳する。

それは確かに驚くべきことであり、少なくとも椎名はこうした展開を予想していなかった。だが冷静に考えるなら、少しも不思議なことではなかった。翻訳を行うＡＩはデータを集め、分類し、規則性を発見し、情報を提示し、その結果によって規則性のモデルを修正する。このプロセスの繰り返しの中で、自然言語翻訳の正解が出る。

二つのＡＩは、ただ毎秒数百、数千の試行錯誤とモデルの修正を繰り返しているだけだ。独自のプロトコルを作り上げ会話をするのは、人間やイビスには驚くべき事件ではあるが、理論的必然の出来事だったのだ。ＡＩにしてみれば、人間の言葉もイビスの言葉も、ＡＩ相互の信号も、規則性を持ったコード群という点では同じなのだ。

結果を言えば、椎名やガロウがひとつひとつ単語の意味を確認し、文法を構築しようとしたのは、無駄な作業であった。なぜならギラン・ビーのＡＩもイビスたちのＡＩも互いに、それぞれの文明の常識や言語を理解していた。

だから異なる文明のＡＩが直接的に相互理解のプロトコルを構築すれば、相互の言語翻訳は一気に進むわけである。

もちろん人類もイビスも互いの文法に存在しない単語はあるわけだが、それにしても意味の確認は著しく楽になる。

ＡＩによる自然言語処理が飛躍的な進歩を見せても、椎名とガロウは相互の解剖学的知識交換を続けた。理由は単純だ。互いのＡＩとの会話によりエージェント経由で相手の言葉は翻訳される。しかし、それは相手の情報にアクセスできるというだけで、どちらのＡＩも相手の文明の知識を学習しようとはしなかった。正確にいえば、できなかった。そんな機能は与えていないし、それはガロウの側も同様らしい。

それに本質的な問題は、人類とイビスは異なる生物であり、互いの文明の常識がどこまで通用するかまったくわからないことだ。そして少なくとも人類のＡＩは、人類とイビスを異なる知性体として理解できないはずだった。ＡＩは人類しか知らない社会で学習してきたから、人類の常識とイビスの常識を器用に切り替えることはできなかった。そのような想定で設計していないのだ。

さらにより重要な理由は、どちらのＡＩも相手の情報にアクセスできるとしても、どの情報にアクセスすべきかを決定するのは椎名でありガロウである。そしてこの二人はＡＩがどうであれ、相手の文明についてほとんど何もわかっていない。

つまり互いにＡＩを活用するためにこそ、互いの文明や文化について椎名とガロウは知識を積み上げなければならなかったのだ。

人類とイビスの身体の構造モデルを構築する中で、椎名は彼の人がイビスの中では医者に類する職種ではないかという気がした。少なくとも椎名程度には医療に関する専門知識を持っている。

椎名の資格は、看護師の業務全般と麻酔や小規模手術を行える補助医師である。船外作業の現場で、事故時の緊急手術が必要となるからだ。応急処置さえ適切なら、病院まで持たせられるわけである。

椎名はガロウの医学知識から、彼の人の職業を確認しようと思った。いまならＡＩにより可能なはずだ。

「ガロウの職業は何？」

椎名のスピーカーから囀りが流れ、それを受けてガロウのスピーカーから椎名の音声で返答が戻る。

「特攻政治家」

意味不明の職業ではあるが、椎名はそのことには驚かない。社会の構造もわからないのだからストレートに理解できる職業がなくても不思議はない。むしろガロウが政治家とわかっただけでも収穫だ。

「特攻政治家って、具体的にどういう仕事？」

それに対してガロウはこう返した。

「椎名の仕事は何なのか？」

情報はトレードオフすべきというガロウの考えは、確かに筋は通る。ただ自分の職業をどう伝えるか。

「エンジニアだ」

気持ちとしては技術屋だが、ここは丁寧にエンジニアとした。するとガロウはすぐに問い返してきた。

「エンジニアというのは本当か？　エンジニアがどうして人体にそこまで詳しいのか？」

さて、どう説明するか。ちゃんと説明するのは難しい。ＡＩの翻訳能力が未知数であるから、ここは単純化すべきだろう。

「私はエンジニアであるが、医療職の資格も保有している」

さて、医療職の資格なる言葉が正確に翻訳されるだろうか？　その答えはすぐ出た。

「ガロウもまた政治家であり、医療職資格を有する」

ガロウが医学知識を持っているのは予想されていたので驚かなかったが、医療職という単語が相互に使えることには軽く感動した。イビスと人類というより、知性体というのは肉体の問題を解決するために、医療職のような存在が不可欠ということではないか。

しかも資格を有するというからには、背景に医学教育や資格認定の仕組みが存在することが予想できた。

「特攻政治家とは何か？」

今度はガロウが説明しようとするが、言葉を選んでいるような様子が感じられた。ガロウはゆっくりと色々なことを囀っていたが、イビスのＡＩも逐次翻訳はせず、すべての言葉を聞き終えてから翻訳しようとしているようだった。

「政治家というのは集団の意思決定に責任を負う存在である。意思決定には多くの情報と知識が必要となる。政治家はそれぞれの担当の情報を集める必要がある。そうした情報の中には、あえて危険を冒さねばならないものもある。そうした危険を引き受ける立場が特攻政治家であり、意思決定に強い影響を持つ立場の政治家は、特攻政治家にならねばならない」

ＡＩは政治家と訳しているが、ニュアンスとしてはマネージャーとか管理職のようなものか。

特攻政治家というから意味が通じなくなるが、おそらく危機管理を担当する管理職で、その中で医学なり生物学の知識のある立場なのがガロウなのだろう。

確かに人類の常識を学んだＡＩとイビスの常識を学んだＡＩの相互交流で、自然言語処理の効率は著しく向上した。しかし、一つの文章の翻訳に人類とイビスだけでなく、それらが作り上げた異質なＡＩが二種類交流しているのである。

その中で伝言ゲームのような情報劣化が起こるのは十分に考えられた。むしろそれは必然とさえ言える。

「ガロウの言う政治家とは組織の管理職のことか？」

椎名がそう尋ねたのは、ガロウの立場を知ることとは別に、ＡＩの介入による情報劣化が起こり得るかを確認するためであった。イビス言語に翻訳された椎名の言葉は、原文よりもかなり長く続いていた。おそらくＡＩ相互のやり取りの中で、単語の意味の調整が行われ、一つの単語について数多くの付帯情報が追加されたのではないか？　彼女はそう推察した。それはどうやら正しかったらしい。ガロウは答える。

「社会は機能の異なるクランより成り立っている。そうしたクランの中には社会のために情報を集めるクランがある。情報を集めるクランも複数あるが、社会への影響力の大きな情報を集めるクランは、他のクランよりも多くの権限を持ち、関係するクランの行動に関して意思決定を行う権利と責任がある。そして意思決定者は必要であれば自身がリスクを負う義務がある。ガロウはそうしたクランにおいて意思決定を行う立場にある」

最初の特攻政治家よりもはるかに意味が通じるようになった。

「それは政治家というより調査官ではないかと私は考える。調査官はあえて特攻という呼称を付けずとも、危険を冒して調査活動を行うという意味が含まれている」

椎名の言葉はまたも原文よりも長く翻訳された。そしてガロウは納得したのだろう。彼の人は言う。

「ガロウは責任のある調査官である」

それが完璧かはまだわからなかったが、特攻政治家よりはずっと適切な翻訳だろう。厳密に言えば、イビスの社会構造が不明確な中で、調査「官」とするのは適正かどうかという問題もあるが、彼の人らが「政治家」という単語を使ったからには、大きな間違いはないだろう。

「ラグとニカは調査官ではないのか？」

「ラグは責任の低い調査官だが、ニカは調査官ではない。ガロウとラグを支援するためにいる」

それは椎名には意外な話だった。ガロウもラグもニカも、頭にエッがついていた。だから何らかの形の親族であるか、あるいは職業を表すもののいずれかと思っていた。

しかし、三人の中で調査官はガロウとラグだけでニカは違う。だから調査官をエッと言うわけではない。一方で、ニカは調査官二人を支援するというから親族でもなさそうだ。

「エッ・ガロウや他の二人の、エッとは何を意味するのか？」

椎名側の質問は短かったが、ガロウ側の返答は長かった。

「エッとは、その集団がエッ・ガロウと婚姻関係にあることを意味する。エッ・ラグはエッ・ガロウの職務を補助し、エッ・ニカはエッ・ガロウが快適な環境で居住できるように環境を整える。婚姻関係者とはそういうものである」

どのような背景があるか知らないが、ラグとニカはガロウと結婚していて、その結果としてエッがついているらしい。そしてガロウが椎名とコンタクトするような責任ある仕事の義務を負っていることから、配偶者であるラグとニカも運命共同体としてこの場にいるということらしい。

椎名はいまはこれ以上の質問は控えることにした。ここから先はイビスの生殖の問題を避けては通れないわけだが、それを行うには互いの解剖学的なモデルは十分とは言えない。どちらも生殖器についての問題を先延ばしにしてきたからだ。

イビスもまた人類の生殖について尋ねてこないのは、人類同様に、この問題が社会の構造に触れないわけにはいかないからだろう。ＡＩが介在しているとしても、この問題について触れるには、椎名とガロウの相互理解はまだ浅い。

一つの懸念は、ガロウの背景にあるＡＩは、格納庫のあの巨大宇宙船か、あるいはこの地下施設に本体があるはずだが、椎名の使っているＡＩはギラン・ビー固有のものしかないことだ。外部のネットワーク支援が期待できないから、ギラン・ビーのＡＩの能力が椎名が使えるエージェント機能のすべてだ。

しかし、あのＡＩは実用本意であり、船外作業に必要な知識に重点が置かれ、人文系の知識は薄い。議論がその方向に向かった時、ＡＩの翻訳能力は壁に突き当たってしまうだろう。

「椎名には婚姻関係にある存在はあるのか？」

人間だったらそんな質問はセクハラだぞと思いつつも、イビス相手ではこの質問は予想されるものだった。さっきの「エッとはなんだ？」という質問も、イビス社会では非礼なものだったかもしれない。椎名はそれにいま気がついた。

椎名にも結婚歴はある。夫だった男はいい奴だったが「君の瞳の中にあるのは、僕ではなくて宇宙だけだ」と言い残して他星系に旅立った。椎名自身がそれを聞いた時に、怒りではなく「当たってる」と感心したのだから、もともと結婚には向いていなかったのかもしれない。

ただ「君の瞳には宇宙しかない」と喝破した彼ほど、自分を理解してくれた人には未だに巡り合っていない。そうであったなら視界の隅にでも入れておけばよかったとも思うが、彼ならそんな小細工はすぐに見抜くだろう。つまり椎名は椎名なのだから、結末は同じだ。そしてワープ不能のいま、彼にも、彼のような人間にも二度と巡り合うことはないだろう。

そんなことを思い出しつつも、椎名はどう説明するか悩む。「そんな奴はいない」と返すのは簡単だ。しかし、エッに関して可能な範囲で詳しく説明してくれたガロウに対して、「いない」という返事は公正さを欠く気がした。

自分たちの間の言語理解は大きく前進したが完璧ではない。この状況で相互理解を進めるためには、「互いに誠意を持って相互理解を進めようとしている」ことへの信頼関係の構築が必要だ。相手が提示した情報は信頼できるという前提がなかったなら、言語による意思疎通は不可能だろう。

「椎名にもかつて婚姻関係にあった存在が一人いたが、その存在は現在は別の場所にいて、相互交流はなく、椎名自身はいまはそのような関係を持つ存在はいない」

夫については存在と表現した。エッというのが、ガロウたち三名が婚姻関係にあることを意味するとして、イビスには性が三つ存在する可能性があるからだ。

工作艦明石のナビコのような高性能ＡＩは限定的ながらも意味を理解してくれるが、ギラン・ビーのＡＩは単語の関係性と規則性を理解しているだけで、意味までは理解できない。

それでも日常生活で困ることはほぼないが、椎名がいま置かれている状況ではこれはかなり問題だ。

少なくとも人類社会にとって性の問題は単純化できるものではない。今日《こんにち》の人類社会の枠組みを規定する要素の一つだからだ。椎名の別れた夫は男であったが、自分のスタッフにも同性愛者は何人かいる。

意味を理解できるＡＩならこうした複雑な性の問題もイビスのＡＩに説明できようが、単語の繋がりだけで判断しているギラン・ビーのＡＩでは、どんな翻訳をするか予測不能だ。「夫は男だった」という情報が、ガロウたちにどんな反応を招くかわからない。だから存在という表現にしたのである。

椎名の返答に関して、ガロウはしばらく何か考えていた。あるいは外にいる仲間と会話しているのかもしれない。イビスの言語は可聴域を超えているが、嘴は動いていたためだ。

「まだガロウと椎名は婚姻関係の話題をする段階にはないと考える。この話題には相互理解が進むまで触れないことをガロウは提案する」

「椎名も、その提案を受け入れる」

椎名がそう言うと、心なしか、ガロウがホッとしたように見えた。人類とは異質な知性体に過度の擬人化は避けるべきなのは椎名も十分わかっていたが、いまの反応には間違いはない気がした。

人類とイビスの身体モデル構築は進む。細胞レベルになれば違うのかもしれないが、消化器や循環器系は人類とイビスで類似点が多かった。

たとえば消化器系は、口から食物を摂取し、消化管を経由し、肛門から排泄された。基本構造は人類もイビスも同じである。

興味深いのは、人類の排泄物は量で言えば、剥離した消化器官の上皮細胞が一番多く、次が腸内細菌、食物残渣《ざんさ》は三番目だったが、イビスもこれは同じであった。もちろんいまの段階では腸内細菌がどんなものかは不明である。

さらにイビスと人類の消化器官が酷似しているように見えるのは、少なからず椎名とガロウの間の語彙数が未だ限られていることも大きい。それに人類の経験からすれば、ほとんどの植民星系の動物も消化器系の構造については大差なかった。どれもが一本の消化管でできている。

循環器系は植民星系ごとに高等動物の多様性があった。これは数十億年にわたる惑星環境の変化の中で、酸素分圧の変化が呼吸器系の進化に影響し、これと不可分の関係にある循環器系が影響を受けるためと考えられていた。

一番大きい違いは、心臓の数で、人間のように右心房・右心室・左心房・左心室が心臓という一つの臓器の中に収まっているか、右心房・右心室と左心房・左心室がそれぞれ独立したり、心臓が二つあるパターンである。心臓が二つある生物の派生系としては、動脈・静脈が第三の心臓として機能する事例もあった。

そしてイビスたちは心臓を二つ持つ生物であった。この点では人類と著しく異なっていた。椎名は医務室で心電図らしい波形モニターを三つ認めていた。その時は無駄なことをするとしか思わなかった。

だがガロウによると、三つのモニターは右心臓、左心臓、左右の心臓の電位差を表示するのが本来の用途だったという。しかし椎名には心臓が一つしかないので、三つのモニターで一つの心電位を計測するように見えたのだ。

あの心電図に同期しているが波形がおかしなモニター表示も、二つの心臓を前提としているなら理解できる。同じ心臓の電位差など、計測部位の違いによるわずかなものしかないだろう。

消化器系や循環器系、呼吸器系のモデル構築が終わる頃には、自然言語処理はかなり語彙を増していた。ただそのことが意思の疎通を進めたかというと、そこまで話は単純ではなかった。

語彙が増えた結果、意味のわからない単語や概念を、既知の単語を用いて説明することが互いに増えたためだ。特に内臓に関わる部分では、何をする臓器なのかの説明は消化器系や循環器系の語彙が増えたことで、より詳細さが要求された。

そして俯瞰してみれば、イビスにも人類にも、似たような構造の消化器系や循環器系は存在した。

椎名がそうした構造から互いの身体モデルの構築を提案したのは、植民星系の土着生物の多くが似たような構造を持っているという経験則からだ。そしてガロウがそれに異を唱えなかったのは、彼の人らも複数の植民星系を持っているためらしかった。とはいえ、そうした経験もなしにアイレム星系にやってこれるはずはないのだ。

この植民星系の有無を含む互いの文明圏の説明に関しては、椎名とガロウの間で先送りすることが了解されていた。ガロウの意図はわからないが、椎名の意図は明確だ。星系植民の話をするためにはワープ航法の話が避けられないが、人類はその原理を理解していないのだ。理解できていないから説明できないという事実をガロウに納得させるには、まだ自分たちの準備はできていない。

こうした問題があるために、椎名とガロウはとりあえずは身体構造の話を続けることになる。

予想されたことだが、消化器や循環器系に比べ、人類とイビスのそれ以外の内臓系の違いは顕著だった。人類もイビスも、生きるために必要な代謝機能は大差ないはずだが、それを実現するための具体的な内臓の種類や構造はかなり違っていた。

ガロウの描いた身体モデルの中で人体との一番の相違は、彼の人がマレアとよぶ臓器の存在だった。それはエプロンをしているガロウの膨らんだ腹部の位置とほぼ一致していた。最初は肝臓かと思ったが、それに相当する臓器はマレアの近くに別にあった。何よりガロウもその臓器を肝臓と呼んでいた。つまりイビスには肝臓のような形状で、肝臓とほぼ同じ機能の臓器があるということだ。

「マレアの機能は何なのか?」

椎名の問いにガロウは「栄養分の貯蔵と供給を司《つかさど》る臓器」と返答した。ただそれを答える前に、ガロウはどこかと何か話し合っていたのはわかった。椎名に説明するには、マレアという臓器はデリケートな何かがあるのだろう。

ただ、ガロウの作成したモデルを見る限り、それが栄養貯蔵を担う臓器であるのは間違いないようだった。実物を見たことはないが、地球にはラクダという動物がいて、背中の瘤《こぶ》に栄養を蓄積して砂漠を走破するという。

そういう動物がいるのだから、イビスが栄養蓄積臓器を持っていても不思議はない。ただガロウの腹部を見ると、過剰なまでに栄養を蓄えているように見える。人類の場合、産業革命を迎えるまで飢餓と隣り合わせで進化を続けてきた。その結果、長らく生活習慣病に悩まされることとなった。

イビスもまた動物としての進化史と文明の速度との乖離《かいり》から、過剰な栄養摂取による疾患を抱えているのか？　だが人類が生活習慣病を克服したように、イビスもまたそうしたものを克服できたはずだ。

椎名は最初、ガロウの腹部から妊婦かもしれないと思っていた。しかし、マレアの存在を考えると胎児を収める余裕はないし、そもそも子宮に相当するような臓器もそこにはない。

「ガロウのマレアはなぜラグやニカより大きいのか？」

椎名がそう尋ねた時、彼女のエージェントが突然沈黙する。それはイビスたちにも予想外のことだったのか、ガロウも何かと強い口調で話している。そしてガロウは椎名の言葉で話しかける。

「ギラン・ビーのシステムに何か障害が起きた。我々に修理はできない。椎名単独で修理ができるとも思えない。だがバシキールで対応できる。我々は椎名を招くことができる」

「バシキールとは何か？」

椎名の問いにガロウは格納庫の方を示して言う。

「ギラン・ビーの隣にある我々の宇宙船である」

6
津軽の異変

一〇月一六日・惑星レア軌道上

工作艦明石工作部、船外作業班「な組」の組長代行の河瀬康弘は、ギラン・ビーのコクピット内で目標の船影をいくつものモニターに表示させていた。モニターの中には作業現場全体を俯瞰したものもあり、そこには離れつつある工作艦明石の姿と、近づきつつある駆逐艦潮の姿が見えていた。

「アポジモーターの設置を完了した」

潮の艦内には、宇宙服を着用した「な組」のロス・アレンがいた。そこは駆逐艦のブリッジだったが、いまは安全のために完全に真空となっていた。

「こちら指揮所のギラン・ビー。各アポジモーターからのデータ受信を確認。すべて正常。

点火は予定通り、潮から行う」

「了解した、代行」

ロスの言葉にいまも河瀬の感情は揺さぶられる。河瀬が組長代行なのは、彼を含め「な組」の人間たちは椎名ラパーナの生存を信じていたからだ。彼女は必ず戻ってくる。だから新しい組長は決めず、河瀬を代行として、「な組」を切り盛りしようとしていた。それはメンバー全員の共通の想いであった。

作業は椎名組長がいない中で順調に進んでいるように見えた。それは椎名不在の不安を忘れるために、仕事に邁進《まいしん》した結果とも言えた。


駆逐艦潮は大規模な整備が必要とされていたが、数ヶ月ほど放置状態だった。整備のために必要なユニットや部品の納入が遅れていたことと、工作艦明石のスケジュールが合わないことが大きかった。

セラエノ星系は船舶会社からみればお世辞にもドル箱路線とは言えず、経費節約のために老朽化した船舶が送られることも多かった。それらが故障を起こし、明石が修理にあたり、潮の整備はどんどん後回しにされてきたのだ。

そしてワープが使用不能となったことで、駆逐艦潮は整備どころではなく、ワープ機関などは解体され、整備用に調達した部品も含め、他の艦艇の整備材料に転用されることとなった。そして残された船体は宇宙ステーションとして再利用される。

核融合炉と搭載スーパーコンピュータはそのまま残し、静止軌道に設置される。これはラゴス市とアクラ市に建設されたマネジメント・コンビナートにスパコンの強力な計算能力を提供し、より定量的な議論と、数値シミュレーションを活用するハードルを下げる意味があった。

惑星レアにもスパコンはあるが、性能でいえばワープ宇宙船用のスパコンの方がずっと上なのであった。それだけワープとは高度な計算能力を要求するのだ。それは別の表現をするならば、宇宙空間は複雑怪奇であるということだ。

作業手順は単純だった。解体を終えた駆逐艦潮を工作艦明石が軌道ドックから曳航《えいこう》し、アポジモーターなどを取り付け、適当なタイミングで点火する。そうして遷移軌道に乗せてから、その遠点で再加速を行い静止軌道に乗せる。

もっとも、強力な計算能力を持った潮を静止軌道上に乗せるのは、単にマネジメント・コンビナートへの計算能力の提供だけではない。

低軌道の通信衛星網を整備して、もっと手頃な軌道に乗せるという手もある。軌道ドックと近似の軌道においても三時間程度で惑星レアを一周するのだから、通信衛星のリレーで惑星全体から軌道上のスパコンにアクセス可能にもできただろう。

それをしなかったのには別の理由がある。イビスという人類以外の知性体の存在が明らかになったことで、アイレム星系に関する情報収集や、惑星レア周辺の監視能力の強化が求められたのだ。そのため宇宙港や軌道ドックに観測設備を置き、静止軌道上の潮の観測機器のデータと比較することで、基線長を稼ぎ、観測精度の向上を期待したのである。このデータ分析にもスパコンは必要だったのだ。


「アポジモーター、点火完了!」

潮からの報告と同時に、ギラン・ビーのモニターにもそれらが正常な燃焼状態であることが表示されている。

「ギラン・ビー、確認した」

通常なら宇宙船が自走すれば、核融合のパワーによりエネルギー効率よりも時間効率を優先した強引な機動が可能だが、今回はそんなことはせずに古典的なホーマン軌道を利用していた。その間に観測装置と通信システムの接続テストと運用試験が行われる。潮が静止軌道に入ったなら、その瞬間から通常運航を行うためだ。

ギラン・ビーは加速して、アポジモーターを燃焼中の潮に並ぶ。触媒核融合によるギラン・ビーの推進装置の方が、潮を加速したアポジモーターより強力だ。じっさいギラン・ビーに牽引《けんいん》させてはどうかという意見もあったが、その方法は取られていない。大きさが違いすぎ、姿勢制御が困難になるからだ。そのような作業まではギラン・ビーでも対応できない。

アポジモーターの燃焼が終了し、駆逐艦潮の船体はそのまま遷移軌道を進んでゆく。ここから次の点火までは、軌道投入に関して人間がすることはほとんどない。それでもギラン・ビーが並走するのは、緊急時の救難艇としての役割と、センサーや通信関係の試験に外部宇宙船からの支援が必要だからだ。

工作艦明石が使えるのがベストだが、明石は軌道ドックの改修工事に忙殺されており、潮の工事にある程度の目処《めど》が立った段階で軌道ドックに戻る必要があったのだ。

「ここまでは正常だな」

ロス・アレンが通信を入れてきた。しばらくは休憩時間だ。

「まぁ、後の作業は通常業務の範疇だし、そう心配はあるまい」

河瀬がそう言うと、ロスは別の話題を振ってきた。本当に話したいのはそれだったのだろう。

「軌道ドックに製錬所を建設するって話、あれは本当なのか?」

「工作部長と紗理奈副部長が推しているからには実現するだろう。下案は何年も前に出されていたしな。潮の解体も、製錬所の核融合炉確保というのが理由の一つらしい。半導体製造とも関わるとなれば失敗はできん」

「確かにな」


軌道ドックの製錬所とは、金属成分の多い小惑星を解体し、成分ごとに振り分けるというものだ。

粉砕された小惑星は核融合炉の電力によりプラズマ化される。そして電磁場により加速されるが、プラズマ化された原子の質量差により個々の描く軌跡も種類ごとに違ってくる。

こうして電磁場によりプラズマは原子の種類ごとに振り分けられ、純度の高い元素のインゴットとして回収できるというものだった。簡単に言えば、粒子加速器で原子を分別しようということだ。

こうした方式の製錬所は地球圏にも無かった。理由は簡単で資源が豊富な環境では、高炉や転炉のような技術で必要な資源は手に入る。巨大な粒子加速器で金属精錬を行う必要などどこにもない。そんなことをすれば製造コストが高騰するだけだ。

しかし、セラエノ星系では事情が違った。地球圏からの供給が途絶した半導体を自分たちで製造しようとしたら、多種多様な元素が必要になる。レアメタルの類《たぐい》など、セラエノ星系なら一キログラムもあれば全需要を満たせるとしても、その一キロが外部から手に入らないなら、自前で調達しなければならない。

明るい材料といえば、科学停滞の時代であるから半導体も二世紀近く技術的進歩がないことと、主流がダイヤモンドベースの化合半導体なので、ベースとなる炭素資源は惑星レアでも安定供給できる。それでもシリコンベースやゲルマニウムベースの半導体は特殊用途では今日《こんにち》でも現役であり、多種多様な元素が必要なのは変わらない。

粉砕小惑星をプラズマ化して、電磁場で元素ごとに振り分けるのは、セラエノ星系がレアメタルなどを入手するもっとも簡単な手法だったのだ。何よりこの方法が良いのは、地上の廃棄物も粉砕してプラズマにすることで、半導体素材を高効率で回収できることだった。

半導体に関する問題を深めたのは、マネジメント・コンビナートの連携した複数のチームだった。当初、狼群妖虎と松下紗理奈は、マザーマシン用の半導体供給を、プログラムで機能を変えられる単一の半導体の量産で解決しようとしていた。視点はあくまでも生産設備の半導体である。

しかし、多方面の市民のアイデア・コロシアムとでもいうべきコンビナートのコミュニケーションの中で、それでは問題は解決しないことが明らかになった。

もちろんマザーマシンの量産に話を限れば妖虎たちの想定で問題はなかった。しかし、セラエノ星系内での半導体供給の問題は、予想以上に広範囲に及んでいたのである。

もっとも深刻な問題は、体内にインプラントするパーソナルエージェント用のデバイスに関するものだった。これも数年分の備蓄在庫は用意されていたが、地球圏との交通途絶が長期化すれば、その状態で惑星社会は世代交代を迎える。

そうなるとエージェント用半導体の払底《ふってい》から、パーソナルエージェントをインプラントしている世代とそうでない世代が生まれてしまう。セラエノ星系に限らず、人類のほとんど全員がパーソナルエージェントをインプラントしているために、人々はその存在さえすでに意識していなかったのだ。

日常のコミュニケーションでもエージェントの存在は不可欠だった。エージェントのインプラントデバイスはセラエノ星系の技術でも製造は可能だが、そのためには専用の集積回路を製造する必要があったのだ。

こうしたことから必要最小限の半導体製造設備は、より整備された本格的なものとなった。単一半導体の生産ではなく、用途に応じた多様な半導体生産が求められたのだ。またこのことから、最初に量産される三次元プリンターのマザーマシンは、多品種少量生産の半導体製造工場建設のために、優先的に配備される計画案がまとまりつつあった。

　そしてこのことにより、小惑星を粉砕して金属資源を活用する製錬所建設が決まったのである。金属資源といえば小惑星の衝突によりパゴニス鉱山が露天掘り可能となっていたが、そちらはそちらで開発計画が進んでいた。軌道ドックに建設される製錬設備が求めているのは、半導体などに活用するレアメタルの類である。建設材料の鉄やアルミなら露天掘りのほうが現実的だった。


　駆逐艦潮は慣性に従い、遷移軌道上を進んでいた。この間に艦上には直径五メートルの反射望遠鏡の設置工事が進んでいた。艦首と艦尾にそれぞれ一基ずつ設置し、システムとしては直径二〇〇メートルの反射望遠鏡と同水準の解像度を期待していた。

「駄目だな、微妙にずれる」

　ギラン・ビーで作業指示を出している河瀬も、現場の采配を振るロス・アレンも、テスト稼働の結果に首を捻っていた。二つの望遠鏡を連動してアイレム星系の観測を行わせているのだが、なぜか二つの軸がずれて安定しない。

　致命傷になるほどのずれではないし、観測をしようと思えばできる。ただ、計画していた精度が出ないのは船外作業チーム「な組」としては無視できない。椎名がいなくなったから仕事の質が落ちたなどと言われるようなことがあっては、組長に顔向けできないという思いがある。

「作業員の活動が影響しているのでもなければ、発電機の振動でもない。だいたい作業員が動いた程度で軸がずれないだろ」

ロスの言う通りだった。量産型の駆逐艦とはいえ、そこまで華奢《きやしや》ではワープはできない。星系内とはいえ、ワープするにはそこそこの剛性が船体に求められる。

「船体が捩《ねじ》れているのか……」

軸のずれを時系列で表示させると、そこには規則性が見えていた。艦首と艦尾で何かの力が働いている。しかし、姿勢制御のスラスターが作動した形跡はない。

「望遠鏡を設置してからだな」

河瀬はそれには早くから気がついていた。しかし望遠鏡を稼働させるモーターの振動は確かに軸のずれと相関があったが、データを見るとモーターは原因ではなく、軸のずれを望遠鏡が補正しようとした結果としてモーターが動いていた。

ただ軸がずれる原因は別にあるので、望遠鏡のサーボ機構が補正のために働き続けているのであった。

「何にせよ、望遠鏡が怪しい。こちらで艦首部の望遠鏡の電源を止める。それで様子を見たいがどうだ？」

　ロスの提案は、河瀬にも妥当なものと思えた。すぐに電源を停止させる。すると軸のずれは急に大きくなると、潮の姿勢自体が大きく傾いてしまった。それはすぐに姿勢制御スラスターの作動で抑え込まれ、そして今度は望遠鏡の軸は正常に安定した。

「この望遠鏡って、青鳳の望遠鏡のコピーだったよな」

　ロスが困惑気味に河瀬に問いかける。言外に艤装品製作担当の「さ組」がしくじったのではないかという意味が感じられた。

　ただ河瀬はそうは思わない。同じ工作部の人間として、「さ組」の技量はわかっている。望遠鏡のコピーくらいでしくじる連中ではない。それに青鳳も、実機の見学や図面の提供にも協力的だった。そもそもこの望遠鏡は基本設計が一〇〇年以上前のもので、オープンソース化されているという。

　じっさい明石のデータベースを検索したら、ほぼ同じ設計図面が見つかった。ただアクセスした人間はいなかった。

　河瀬は五メートル反射望遠鏡の図面を見直す。本体を動かすサーボ機構に、それらを支える架台という単純な構造だ。原因不明の不調など起こるはずがない。

　ただ潮の船体が捩れたことを考えると、何か力が働いている。河瀬はそこでふとあることに気がついた。艦首の望遠鏡を停めて、急に姿勢がおかしくなる理由。それは何らかのジャイロ機構が関わっているはずだ。

「これか……」

青鳳の図面を精査すると、望遠鏡を載せている架台には、姿勢安定のためのジャイロが入っていた。架台はブラックボックスでそれ自体が独立しており、自動的に姿勢を安定させる構造だった。ほぼ同じということで見逃していたが、明石のデータベースの望遠鏡では架台にジャイロは入っていないが、青鳳の図面ではジャイロが入っている。

河瀬はすぐにこのことをロス・アレンに伝える。ロスは船外作業中のスタッフに確認させる。

「三次元プリンターで架台全体を作り込んだからわからなかったが、確かにジャイロがある。代行が言うように、これが軸が安定しない理由かもしれないが、でもどうだろうな。青鳳はこの設計で艦首と艦尾に望遠鏡を設置していて、軸が安定しないなんて現象は起きていないんだろ。基本的に同じ望遠鏡なんだから、潮だけトラブルが出るなんておかしいだろ」

「いや、そうじゃないぞ」

河瀬はあることに気がついた。望遠鏡のジャイロのデータを引き出し、それと駆逐艦潮の船体のデータを組み合わせる。その上で改めてシミュレーションを行った。結果は予想通りだった。

「軸がずれる理由がわかった」

「わかったって？　原因は？」

「やはりジャイロだ」

河瀬はロスにシミュレーションの結果を送る。

「青鳳は恒星間航行が可能な大型宇宙船で、しかも軍用だ。急激な機動も可能なように船体の剛性も高い。

対して潮は船体長は半分程度だし、そこまで高い運動性能はない。だから剛性も低い。大きさも剛性も違う棒を想像してくれ」

「そうか、青鳳は船体が捻れにくいし、そもそも巨大だからジャイロの影響はほとんど受けないが、潮は青鳳よりは捻れやすい。しかもジャイロとジャイロの距離も近いから、青鳳では表面化しなかった軸のずれが顕著になるのか！」

河瀬はロスの意見に追加する。

「それだけじゃないんだ。青鳳でも二基の望遠鏡のジャイロの干渉は起きているが、設置場所とジャイロの周期が適切で、干渉が起きても収束するようなパラメーターになっている。

ところが俺たちはパラメーターの調整なしで無造作に望遠鏡を設置したので、ジャイロの干渉は収束せずに発散してしまうんだ」

「要するに、大型艦用の機材を調整もせずに小型艦にそのまま装備したから、不都合が出たってことか？」

河瀬もロスの表現には言いたいことはあったが、概《おおむ》ね合っている。

「しかし、原因はわかったが、どうする？　いまから潮の船体の剛性を高めるのは大仕事だぞ」

「いや、もっと簡単な方法がある。ジャイロの制御装置のパラメーターを書き換える。青鳳は現役軍艦で加減速も激しいからジャイロを高速回転させなければならないが、潮は軌道上を移動するだけだ。ジャイロのパラメーターを変えても性能には影響しない」

「なら代行のほうでパラメーターを書き換えるのか？」

「いや、ジャイロ機構は独立しているんでな。架台に点検ハッチを作って、ジャイロの制御機構のバスラインと接続する必要がある」

「それを俺たちがやるのか？」

「それが一番効率的だ」

河瀬はそう言うと、即席で作り上げた作業手順をロスたちに送った。

「作業が時間内に終わったら、俺が何か奢るぜ」

「遠慮する、代行より組長の方が奢られがいがあるからな」

「そうだな、俺も組長に奢られる側に回りたい」

こうして、駆逐艦潮の二基の反射望遠鏡は計画通りの性能を出すことができた。

一〇月一六日・ラゴスタワー

「ザリフは何を考えて、こんなことをしたわけ？　アクラ市事務所は市民権申請を受理したわけね？」

アーシマ首相は執務室で、第二都市アクラの事務所が、輸送艦津軽の乗員六九名のアクラ市への市民権申請を受理したという報告を受けていた。その報告は官房長官シェイク・ナハトよりなされたが、情報そのものは秘書のハンナ・マオからのものだった。

「市民権申請は一五日になされ、一六日、つまり今日の午前中には受理されました。アクラ市事務所から政府への報告は本日の夕刻です。それによると申請は、西園寺艦長を含む津軽の乗員六九名よりなされています。

津軽の乗員は、運用長だった松下紗理奈がセラエノ星系市民の市民権を得て、現在は狼群商会の一員として工作艦明石に移ったため、当初の八〇名から七九名になっています。さらに船務長の宇垣克也と一〇人近い部下が、現時点でアクラ市への市民権申請はしていません。というより、艦長に反発して輸送艦津軽に籠城している状況です」

ハンナが改めてアーシマ首相に報告する。

「籠城って、宇宙船を占拠しているの？」

「駄々をこねて船から降りない……の婉曲的表現だよ」

ナハト官房長官が補足する。

「ワープ不能というのが前代未聞の出来事だが、津軽の案件も前例がない。通常はセラエノ星系政府に市民権の申請を行い、その後、居住地を選択する。これは植民星系の人間が地球圏で市民権を取得する手順をそのまま踏襲したものだ。

ところが厳密に関係法規を見るとだ、逆に地球圏の人間が植民星系で市民権を取得する場合は少し違うのだ。植民星系政府だけでなく、地方自治体の許可があれば直接その都市の市民になれる。

法律の古い条項がいまも活きているためだ。植民星系への入植促進という趣旨のものだが、ともかく津軽の乗員が直接アクラ市の市民になることは可能だ。

もちろんラゴス市民の権利はないが、移民の特例措置などもあり、日常生活で不満を感じることは少ないだろう」

「古い法律がこんな真似を許すのか」

不機嫌なアーシマにナハトは辛抱強く説明を続けた。

「慣習的なものはそう簡単にはなくならんよ。あっても害がない法規ならなおさらだ。我々だって地方自治体としては対等なのに、ラゴス市の行政機関はいまだに入植時の慣習でラゴス市政府と呼ぶし、逆にアクラ市だとアクラ市事務所と呼ぶじゃないか」

「それはそうですけど……」

アーシマはそうは言ったものの、アクラ市のこの突飛な行動の意図を図りかねていた。ザリフが哲とともに、アーシマに続投を申し入れたことと、この津軽乗員への市民権の提供がどうにもつながらないからだ。

「よろしいでしょうか？」

ハンナが発言を求めたので、アーシマは報告を促す。

「ザリフ市長の行動と市民権問題は別のようです。津軽の乗員に働きかけたのは、アクラ市商工会議所ラゴス支所長のキャサリン・シンクレアであるようです。マネジメント・コンビナートで彼女が西園寺に接触し、そのままアクラ市に向かったことが確認されています」

その報告にアーシマはすべてが腑に落ちた。キャサリンはザリフの義妹である。「攻めのキャサリン」の異名を持つやり手であるが、暴走も多かった。ただ姉のファトマ・シンクレアが傑物で、妹の暴走を常にうまくまとめていた。

キャサリンの視点では、姉がなんとかしてくれるという安心感から、自由に行動しているのかもしれない。

「義妹の暴走をザリフは事後承諾した、そういうこと?」

「事実関係を言えばそうですが、暴走とは一概に言えないでしょう。むしろよく計算されていると考えるべきかもしれません」

「計算とは?」

ハンナは幾つかの資料をアーシマの視界の中に表示する。有能な秘書であるから、視界が資料で埋まるような不始末はしない。

「津軽の市民権の問題があるまで、星系外にワープできる宇宙船の管理は、セラエノ星系政府と、宇宙軍の代表である青鳳の夏クバン艦長との間でのみ決められていました。しかし、津軽の乗員がアクラ市民となることで、輸送艦津軽の管理は青鳳が行うとしても、津軽の運用に関しては市民を保護する名目でアクラ市が介入できるわけです。言い換えるなら、アクラ市の頭ごしに宇宙船の管理が行われている現状を改善しようとしているわけです」

「はぁぁっ」

アーシマはなんとも言えぬため息が出た。それは肯定でも否定でもなく、まったく予想していない展開であったためだ。正直、やられたとは思ったものの、不思議と悪い気はしなかった。それはアクラ市の主体性の発露であり、長い目で見て自分たちにとってプラスに作用すると思えるからだ。ある意味これは、宇宙船と乗員の帰属問題の根本的な部分を先送りしていたことから生じた事態であった。

「地球圏は植民星系との二重国籍は認めていたわよね？」

「植民星系が地球圏の版図であるから、地球圏の市民は簡単な手続きで、植民星系の市民権を得ることができる。植民星系政府は、相手が犯罪者でもない限り拒否はできない。それは知っているだろ」

ナハトは何かを察したようだった。なら話は早い。

「夏艦長と青鳳の乗員全員にセラエノ星系市民になってもらう。我々は彼らの二重国籍を認めるし、ワープが可能になったならセラエノ星系市民籍を抜けても構わない。

その上で、宇宙軍籍にある青鳳の運用管理を、市民である夏艦長以下の青鳳乗員に委ねたい」

「それなら青鳳を固定資産として、固有の乗員に法人格を与えて、セラエノ政府の仕事を請け負う形にしたほうが、法的な権利関係はもっと単純にできると思います。明石みたいな形です」

ハンナの提案にアーシマもナハトも、その内容を考える。軍艦相手なので、軍と政府という形でしか考えてこなかったが、客観的に見れば偵察戦艦一隻をどう扱うかという問題だ。正直、いままでのように青鳳を宇宙軍代表として扱うのは、色々と無理があった。それよりも乗員に市民権を与えて法人化するほうがよほど現実的だろう。

「夏艦長がこの話に乗ってくれるかな？」

ナハト官房長官は、半信半疑であるらしい。

「乗るしかないでしょ。津軽と青鳳で戦隊を編制しているという建前を、アクラ市が崩してしまった。青鳳の乗員もこの事実には将来を考えるでしょうし、夏艦長も現状は時間稼ぎでしかないことはわかってるはずよ」

アーシマはすぐに夏艦長にこの件を打診しようとした。日時は気がつけば日を跨《また》いでいた。しかし、直通回線での通信は青鳳の方が早かった。

それはアーシマだけでなく、ナハトとハンナも受け取った。三人は自分のエージェントが受け取った内容に絶句した。

「軌道ドックで叛乱ですって！」

一〇月一七日・軌道ドック

この時、軌道ドックに停泊していたのは工作艦明石と偵察戦艦青鳳、そして輸送艦津軽の三隻だけだった。軽巡などは宇宙港に降りていた。軌道ドックの半分を新たに製錬所に組み替えるために、軽巡を移動させる必要があったのだ。

軌道ドックを一本の棒にたとえると、明石は棒の先端に停泊し、青鳳と津軽は反対端に棒を挟むように接合していた。

夏艦長は、津軽の西園寺艦長他が惑星レアのアクラ市に市民権を申請したという報告にもさほど驚かなかった。正直な気持ちを言えば、肩の荷が下りた。

特殊な状況に置かれる中で、夏艦長は乗員たちにとって、いま為すべき最善の策は何かを考えて行動していた。畢竟《ひっきょう》、彼女が責任を負うべきはセラエノ星系市民ではなく、青鳳の乗員たちだ。そうした中で、宇宙軍の代表として津軽と戦隊を組んでいた。

それはいま思うと、ワープ途絶という事態はそこまで長期化しないという願望が潜在意識の中にあったからだろう。植民星系がワープができなかったために孤立するなどということは、星系植民事業が始まってからの二世紀で一度も起きていない。それがいまここで起こるなどとは信じられなかったのだ。

しかし、一ヶ月以上この途絶が続くと、この異常事態は長期化することを前提に動くべきだと彼女も覚悟を決めるようになっていた。

そうした中で津軽の乗員たちがセラエノ星系に落ち着くことを選択したのは、青鳳と津軽の戦隊の解体を意味するようなものだが、それは青鳳は青鳳のことだけ考えればよいということだ。アーシマ首相からは非公式に青鳳乗員の市民権の約束は受けている。それに対する明言は避けていたが、どうやら正式な話し合いをしなければならなくなりそうだ。

「艦長、なんかおかしいですね」

ブリッジではなく機関室にいる機関長のポール・チャンが報告してきた。

「どうしたの、機関長?」

「艦長、青鳳から軌道ドックへの送電量が急増しました」

「明石が製錬所を建設している関係じゃないの?」

「いえ、製錬所建設は明石から電力供給がなされていて、軌道ドックの電力システムからは独立しています。専用発電機も併設するので」

機関長からのデータが夏艦長の視界に表示される。確かに青鳳から施設側に電力が大量に送られていた。軌道ドックの発電機は施設を維持する最低限度の規模であり、通常は停泊中の軽巡からも電力供給が行われていた。

軌道ドックの製錬所工事に伴い、軽巡は宇宙港に下がり、大型宇宙船は三隻。この中で電力供給を支援していたのは、青鳳だった。明石の電気系統はすでに軌道ドックから独立していたし、津軽はアイドリング状態でほとんど電力を消費していないはずだった。

「船務長、津軽に状況を報告するよう命じて」

「艦長、津軽が返答に応じません！」

熊谷船務長が、エージェントではなく肉声で叫ぶ。

「西園寺はどこ?」

「まだ地上のアクラ市のはずです」

船務長の報告とともに、夏艦長は梅木兵器長に命じた。

「兵器長、ミサイル担当の第四、第五分隊の将兵を武装して、陸戦隊を編成して。輸送艦津軽を接収します」

「陸戦隊ですか……」

梅木兵器長が思わず立ち上がる。その権限はあるし、訓練もしているが、現役軍艦が乗員から陸戦隊を編成し、他の艦艇を武力で接収するなど、この半世紀ほどは一度も報告されていない。夏艦長もそうだが、梅木兵器長にしても、陸戦隊を編成するような事態に直面するとは思ってもみなかったに違いない。

しかし、梅木が驚いていた時間は短い。彼女はすぐに該当する分隊にエージェント経由で指令を送った。輸送艦の乗員は八〇名ほどだが、青鳳の乗員は四〇〇名以上いる。複雑な兵器を扱うには専門教育を受けた軍人が必要なのと、宇宙軍を拡張しなければならない時のために、それに即応できる人材ストックを確保するためだ。

行政や教育機関を含め、効率化の名の下に最低限度の人員で組織を動かしている地球圏社会の中で、宇宙軍は余剰人員が認められている数少ない分野であった。

ブリッジ正面のモニターには、防弾機能のついた戦闘服を着用した陸戦隊の姿が見えた。全員が拳銃にカービン化キットを装着し、戦闘服のバイザーで照準が付けられるようにしていた。普段なら喧騒が絶えない場所で、言葉を発するものもない。そう、こんな経験が初めてなのは夏艦長だけではないのだ。

「艦長、準備完了しました！」

梅木の肉声を聞きながら、夏艦長はそれが現実のこととは思えなかった。

「休眠中の核融合炉に再点火するには、ミューオン・コンデンサーの充塡《じゅうてん》率が足りません。あと三〇分はかかります」

輸送艦津軽のブリッジで宇垣船務長は、機関部を占領した部下の報告から、早くも計画が齟齬《そご》を来《きた》したことを知った。そもそも計画はかなり杜撰《ずさん》なものだった。兵は拙速を旨とす、とは言われるが、彼のは拙速というより稚拙である。

もっとも宇垣にも言い分はある。西園寺艦長は自分に相談することなく、津軽の乗員全員の名前でアクラ市の市民権を申請したというのだ。ただ、全員は正確ではない。運用長の松下だけはセラエノ星系の市民権を取得し、早々に工作艦明石の人間となった。宇垣にとっては、松下の転籍は裏切りに等しい。艦の乗員とはそういうものではないはずだ。

しかし、去った人間はもうどうでもいい。それよりも津軽だ。すでに乗員の半数近くが地上に降りている。残っている連中もモスボール化の作業を進めている。機器を最低レベルで稼働するだけの電力を供給し、ミューオン・コンデンサーを空にして、艦内の空気を抜き、再度窒素ガスで充填する。そうすれば宇宙船はかなり長期間の保存に耐えられる。

だが、それは宇垣には受け入れ難い事実だった。彼は船務科の部下と合わせて一〇人で、津軽から降りることを拒否した。宇垣の最初の誤算は、セラエノ星系に帰化しないという宇垣らの意思表示に対して、乗員たちは同調すると考えていたのに、ほとんどが西園寺艦長に従ったことだ。

そしてこのことにより、艦内の規律は宇垣の目からは明らかに弛緩《しかん》したように見えた。

ほとんどの乗員たちが、津軽での生活に見切りをつけ、地上での再出発のことばかりを考えていた。ワープ不能の宇宙船にいても仕方がないという理屈だ。それには津軽の幹部でありながら、早々に明石に移籍した松下運用長の存在も大きかったらしい。

しかし、宇垣はこうした状況を座して見ているわけにはいかなかった。津軽をワープ宇宙船として運用するには、最低でも二〇人以上の乗員が必要だからだ。同志でもある船務科の人間は自分を含めて一〇人、だから宇垣は部下を武装させ、下船準備の乗員たちを津軽に留め置いた。

宇宙軍が必要と判断すれば輸送艦津軽は艦隊に編入される条件で建造費を軍から補助されていたため、津軽には船の固有武装こそないものの、必要なら上陸して治安活動を補助するための武装はあった。拳銃一〇丁の武装だが、それを宇垣は信頼できる部下に手渡し、残っている乗員ともども津軽を掌握した。

当初は監禁だと抗議する者もいたが、銃口を向けるとこちらの本気がわかったのか、それ以上の抗議はなされなかった。

現時点で津軽の乗員は三四名。ワープ航法については船務長の自分が航行長の業務も兼任していたから問題はない。あとは機関部だが、そこは機関長のジェームズ・ペッグや機関士のイム・ジヒョら幹部クラス全員が、津軽のモスボール化作業にあたっていた。

だから機関部を占領すれば、すぐにでも津軽は軌道ドックから脱出できると考えていた。しかし、西園寺艦長の方針に反対し、モスボール化作業には計画段階から加わっていなかった宇垣は、すでに核融合炉を稼働させるためのミューオンがすべて放出されていたことを知らなかった。

触媒核融合炉は核融合に必要なミューオンを、そこから生まれた電力を用いて生産するという自転車操業で動く構造だった。消費する以上にミューオンを生産できれば問題はないのだが、核融合炉の再起動には、一種の円形粒子加速器でもあるミューオン・コンデンサーに、必要な量のミューオンを蓄積する必要があった。

もともと透過性が高く、寿命の短いミューオンであるから、コンデンサーのスイッチを切れば、瞬時になくなってしまうのだ。

だからミューオンの蓄積に三〇分、核融合炉の再起動と安定化に早くても一時間、そうして電力が確保されて、ワープの設定に一時間と、すべてが順調でも三時間弱が必要だ。

「船務長、核融合炉の再起動はいいが、それでどうするつもりだ？　地球圏に戻る当てでもあるのか？」

ペッグ機関長はエージェントを経由せずにメインモニターに機関部の映像を投影する。

帰還の当てがないことを乗員や機関部の部下に示そうとしたのだろう。しかし、宇垣には考えがある。

「地球圏に帰還する当てもなしにこんな真似はせん。俺たちがセラエノ星系からどこにワープしようとアイレム星系に行ってしまう。それはいいか？」

「続けてくれ」

ペッグ機関長が自分の話に興味を示したことに宇垣は安堵した。機関長を味方につけられれば、計画は成功したも同様だ。

「まず、アイレム星系に向かう。これは邪魔が入らないようにするためだ。そしてだ、いままでのワープデータから、ＡＩにより地球圏に戻れるパラメーターを推測する。試行は一〇〇を超えるかもしれないが、いずれにせよ有限回だ。それらをすべて試してみれば、地球圏に抜けるパラメーターが見つかるかもしれない。

重要なのは、試行錯誤を繰り返しても、津軽はアイレム星系かセラエノ星系に戻るだけということだ。危険はない」

モニターに映る機関長の表情には、怒りでも驚きでもなく、哀れみが浮かんでいた。

「船務長、あんたはまともじゃない。我々がアイレム星系とセラエノ星系の間しかワープできないのは確かだが、パラメーターは地球圏に帰還する設定と、その逆コースの設定を使ってるだけだ。

どんなパラメーターでもアイレム星系にワープするわけじゃない。適当なパラメーターを設定すれば、津軽はどこに飛ばされるかわかったものじゃない。文明世界に二度と戻れないかもしれないんだぞ。そんなことはあんたが一番わかってるだろう」

「だからそれを確かめるんだ。いいか、ここにいては永遠に地球圏には戻れない。ならば少しでも戻るための可能性に賭けるべきだろうが！」

そう言うと宇垣は、機関部との回線を切断した。

「クランツとテルル、お前たち二人でドックの管理室を襲撃して、生命維持装置以外の電力をすべて津軽に供給するんだ」

宇垣は運用科の部下二人に命じた。青鳳の動きを遅らせ、同時に余剰電力で津軽のスパコンを再起動し、必要なワープ設定を行わせるためだ。これで一時間ほど準備時間を短縮できる。クランツとテルルの二人を送り出してから一〇分後に津軽への給電量が増えた。二人は管理室の掌握に成功したらしい。

しかし、掌握成功の報告はなく、さらに五分後には、津軽に対する給電量が通常の水準に戻った。そしてクランツが戻ってきた。

「船務長、津軽のスパコンの設定に問題が生じてます。受電を拒否してます。開けてください」

「テルルはどうした？」

「こっちの設定と管理室の反応を照らし合わせる必要があるので、現場で待機しています」

宇垣は念のため、津軽と軌道ドックの接続ゲートの周辺を監視カメラで確認するが、そこにいるのはクランツだけだった。宇垣が接続ゲートのハッチを開くと、クランツが入ってくる姿が見えた。

だがその瞬間に、外部電源が切断され、艦内は非常灯が点灯するだけとなった。そして次の瞬間、ブリッジ内は激しい閃光に包まれた。

誰もがそれに視界を奪われた。そして宇垣は、何も見えない中で押し倒され、手錠をかけられた。

「梅木です、艦長、津軽艦内は制圧。賊は全員武装解除しました。はい、全員無事です、賊も我々も」

宇垣は手足を拘束されながら、青鳳の兵器長の名前が梅木であることを思い出していた。

その後のことは宇垣もよく覚えていない。津軽を武力で奪おうとした一〇人は全員身柄を拘束され、シャトルに乗せられ、惑星レアに運ばれた。青鳳の陸戦隊は手荒な連中で、閃光弾には麻酔ガスも含められ、津軽の乗員たちは全員が眠らされていたという。

なので気がついた時には、重力のある環境で、独房らしい小部屋に入れられていた。よほど強い麻酔なのか、宇垣の体質によるのか、半日は独房のベッドで眠っていた。ただ時間の感覚はないので、これは推測だ。

独房には自殺防止のためか、道具らしい道具が何もない。紙コップに水が入れられ、その横に堅パンのようなカロリーバーがあるだけだ。そして取り調べが行われる。

取り調べはセラエノ星系政府の警察関係者によるものだった。すでに乗員や部下たちの聞き取りは終わっているらしく、宇垣に求められたのは事実確認だけだった。ただその中には彼の知らないことも幾つかあった。

まず、津軽の核融合炉の再起動は、軌道ドックに電力供給を行っていた青鳳の給電量の変化から、すぐに察知されていたこと。

さらにクランツとテルルの二人は、軌道ドックの管制室を占拠しようとしてすぐに失敗していた。管制室には製錬所工事の関係で元津軽運用長の松下紗理奈がいた。クランツらは松下がそこにいる理由がわからなかったが、彼女の方はすぐに二人の意図を察すると、工具を二人の顔面にぶつけてすぐに取り押さえたという。

ここから明石と青鳳の間で事実関係が確認され、時間稼ぎのために一時的に津軽に電力を送り、その間に青鳳の陸戦隊が津軽への突入準備にかかっていた。クランツが戻ってきた画像は、明石のスパコンで作成したダミーであった。津軽は電力だけではなく、通信回線も軌道ドックに接続されていたので、このくらいの芸当は容易だった。

宇垣は自分がブリッジから津軽のハッチを開けたつもりだったが、津軽のコンピュータシステムの機能はほとんど青鳳の運航システムの管理下に入っており、彼がハッチを開けた時点で、すでに陸戦隊は艦内の要所で配置についていたのだ。

こんな話を取り調べで教えられ、宇垣のプライドは完全に粉砕されていた。そもそも彼自身が、どうしてあんな雑な計画で成功すると思っていたのか、自分でもわからないくらいだ。ただそれでも後悔してはいない。

「宇垣克也、面会人だ」

ここがどういう施設かわからないが、警吏らしい男が宇垣に告げる。警察の人間というより役場の職員に見えた。あるいはここは警察ではなく、市役所かどこかの一部かもしれない。

面会と言われたが、案内されたのは一メートル四方の狭い部屋だった。そこに椅子があり、宇垣が座ると仮想空間が作動し、彼の真正面に西園寺艦長がいた。

「艦長……何の用ですか？」

皮肉ではなく、宇垣は西園寺がここにいる理由がわからない。自分を嘲笑しにやってくるような人ではないが、さりとて船務長の身を案じるような人でもない。はっきり言って、宇垣は終わった人間であり、そういう相手には西園寺は関心を示さない。

「君に頼みたいことがある」

西園寺は最初にそう言った。元気か、とか宇垣の身を案じるような言葉はなかったが、それは予想していたことだ。

「犯罪者の私に頼み事って何です？　わかってるでしょ、私に何もできないことくらい」

「君でなければできないことだ。アクラ市でもラゴス市でもどこでもいい、セラエノ星系に帰化しろ」

宇垣がそこで最初に思ったのは、自分と西園寺は決してわかり合えそうにないということだ。どうしていまこの状況で、市民権の話になるのか？　そもそも自分がどこに帰属しようが、それが西園寺と何の関係がある？

「何を訳のわからないことを。自分は地球圏の人間として、たとえ一人になっても筋を通します！」

宇垣は一気に思っていることを吐き出す。

「艦長は天涯孤独かどうか知らないが、自分には地球に残した妻子がいるんだ。自分はあの二人を愛している。愛しているからこそ、是が非でも地球圏に戻らねばならんのですよ！」

「馬鹿かお前は！」

西園寺は立ちあがって、宇垣を怒鳴りつけた。宇垣はますます何が起きているかわからない。西園寺が激昂するというのはどういうことか？　市民権の問題で？

「本当に何もわかっていないんだな。いいか、お前が地球圏の市民であり続けるというのは、どういうことかわかるか？

現在、公式には輸送艦津軽は青鳳を旗艦とする戦隊の一員だ。つまり我々の身分は軍人だ。その軍人が、軍籍にある輸送艦を武力で乗っ取ろうとしたんだ。地球圏の市民であるからには、青鳳の夏艦長の采配で処罰される。

それが意味することがわかるか？　お前のやったことは反乱なんだよ。宇宙軍で反乱は死刑だ。死刑しかない。宇宙服のまま低軌道上に放り投げられ、息絶え、そして大気中で燃え尽きる。見せしめのためにな」

「反乱……自分がですか……」

宇垣は死刑になることなど考えてもいなかった。自分が行ったのは、自分たちの船を自分たちで動かそうとしただけで、犯罪なのは認めるが、死刑になるほどの罪とは思えない。

死者はもちろん、傷つけた人間もいないのだ。しかし、西園寺は状況がさらに悪いことを伝える。

「津軽が青鳳の指揮下に入るというのは、確かに建前だけのことだろう。だが建前であれ、法的根拠があるものだ。

　そして宇宙軍の法規に従えば、死刑になるのはお前だけじゃないんだ、船務長。陸戦隊用の武器をとってお前に従った船務科の人間たちも同罪だ」

「どうして、部下たちが！」

「言っただろう、反乱罪には死刑しかないんだ。首謀者であれ、命令に従っただけであれ、反乱罪に該当したものは死刑なんだよ。

　わかるか？　ワープの途絶が明日明後日で解決するとは思えない。しかし、一〇年、二〇年後には元に戻る可能性もあるだろう。生きている限り、地球圏に戻れる可能性は、わずかではあるとしてもゼロではない。しかし、ここで死ねばゼロだ」

　宇垣は頭を抱えた。自分たちの主観では地球圏に戻ろうとしただけなのにもかかわらず、それは反乱と解釈されるのだ。だが宇垣は自分にもその自覚があったことを認めざるを得ない。セラエノ星系から脱出さえすれば、脱出方法を見つけたことで、多少の犯罪も帳消しにされる。漠然とそんなふうに考えていたのだ。それが犯罪でも、逃げ切れば問題にならない。しかし、自分たちは逃げきれなかった。つまりそれだけのことなのだ。

「だからだ、船務長。アクラ市の市民になろうというのだ。私は運用長以外の乗員がアクラ市の市民権を得られるように手配している。この件についてはすでに全員が申請すればという条件で、アクラ市とも青鳳とも話がついている。

地球圏との二重国籍とはいえ、いまの状況で意味があるのはアクラ市の市民権だ。青鳳側もアクラ市の人間に対して軍法は適用しないと言っている。だからお前が首を縦に振れば、死刑はなしだ。

言っておくが、お前だけが反対という選択肢はないんだ」

「もしも、自分があくまでも地球圏市民のままでいると言ったらどうなるんですか？」

西園寺はにこりともせずにこう言った。

「軍法の対象者となり、お前だけでなく部下たちも一蓮托生で全員が死刑だ。そうなったら私がお前を殺す。反乱の首謀者であるお前が死んでしまえば、部下たちの市民権を移動できる。セラエノ星系には死刑制度はないからな。反乱を企てた部下たちも、お前を殺した俺も、死刑にはならずに済む。誰も救えないよりずっとまし、単純な計算だ」

「わかりました、アクラ市民になります」

宇垣がそう言うと、西園寺はすぐに手続きを始めた。それはすぐに終わった。

「船務長、これで君もアクラ市民だ」

そう言うと西園寺の姿は消える。

「本当に情のない男だ」

宇垣はそう呟いた。

7　エッ・クオン

予想されたことだが、バシキールに乗船を認められても、椎名が自由に船内を移動することは許されていなかった。それは微生物の存在が問題であるようだった。ただ椎名の持っている微生物がイビスに有害なのか、イビスの微生物が椎名に有害なのか、あるいはその両方なのかはわからない。

椎名が案内されたのは、巨大宇宙船バシキールの下部領域だった。下部と言っても床からの高さは一〇〇メートル近くある広い空間だった。天井高は六メートルほどあり、縦横ともに一〇〇メートルはあるようだった。バシキールにどれほどの乗員がいるのかはわからないが、椎名一人のためにかなりの空間を用意してくれたことになる。もっとも人類にしても未知の知性体と接触すれば、ビルの一つをそのために用意するくらいのことはするだろう。

その空間は、たとえるなら何かのフェスティバルが広い公園で開かれる時、あちこちに売店や展示のための小屋が並んでいるようなものを連想させた。

空間の中で最初に目につくのは複数のコンテナ群だった。もちろんコンテナかどうかは椎名にも断言はできないが、彼女の知っているものの中で、もっとも近いのはコンテナだ。

それだけのコンテナを移動させるのは容易ではないし、外の格納庫でも設定できる。おそらくこの倉庫のコンテナは消費されて、こんな空間ができたのだろう。最初に案内された場所は、コンテナで二〇メートル四方に仕切られ、幅三メートルほどの入り口が一つしかなかった。

椎名とバシキールに入ったのは、ガロウとラグ、ニカのエツ三名だったが、その空間にはさらに六人のイビスが待っていた。いままで椎名がいた食堂にあったのと同じテーブルが三つ用意されていた。

六人は三人ずつ二組に分かれ、それぞれの組が一つのテーブルを囲んでいる。そしてガロウたちも残されたテーブルに就く。とりあえず椎名は三つのテーブルを前に取り残される。席次は決まっているようで、エツの三人と同様に、赤エプロンと赤ストラップが真ん中におり、右側が青ストラップの赤エプロン、左側が青ストラップと青エプロン。彼《か》の人らがエッの集団と同じなら、ストラップもエプロンも赤い真ん中の個体がリーダー格なのだろう。

ガロウが手を上げると、二人のリーダーが椎名に近い方から自己紹介を始めた。声はやはりエプロンのスピーカーから出ていた。椎名の声だったが、区別するためか音程が少し変えてあった。

「ヒカ・ナヨ、ヒカ・サナ、ヒカ・ツウ」

エッで言えば、ガロウ、ラグ、ニカの序列でヒカ・ナヨは自分らの仲間を紹介した。残りの一組も同じように紹介する。

「スミ・ユナ、スミ・ソヒ、スミ・テヨ」

ヒカ・ナヨとスミ・ユナがそれぞれのチームではリーダーなのはわかったものの、ガロウとの関係はこれだけではわからなかった。

ガロウとこの六人の関係と、ここで何をしようとしているのか、それがわからない。しかし、何を質問すべきなのか。

「椎名はどのテーブルに行けばいいのか？」

馬鹿な質問だが、いまはそういう質問が無難だろう。

「椎名はここへ」

ガロウは自分のテーブルの正面席に椎名を招いた。それはいつものガロウと椎名の位置関係だった。

「テーブルの席次って、彼の人らの中ではちゃんと意味があったんだ」

椎名は、相手の仕草の意味を理解することの難しさを再確認していた。

ここまでのガロウとの暗黙の了解（あるいは単純なゲーム理論からくる論理的帰結かもしれない）により、相手から得た情報に相当する自分たちの情報を提示するルールができていた。これは双方が共通理解に達した単語数が少ないために、説明できないことが多く、それらを後回しにしてきたことの結果である。

物と対比できるような具象的な単語については相互理解が成り立っていたが、ちょっとでも抽象的な概念を含む単語となると相互理解は著しく困難となるため、それらを先送りしていたことも、この状況を強めることとなった。

さらに多少の誤解は後で修正が利くだろうと考えている椎名に対して、ガロウは初手《しょて》の誤解は避けるべきという厳格な方針で椎名との会見に臨んでいるらしく、面倒な概念の議論には驚くほど臆病な傾向があった。

一つの例としては、惑星バスラにイビスは何人いるのかという質問に対しても、ガロウは明言を避けていた。それも「総人口を人類に知られることは安全保障上の脅威である」というならまだわかるが、ガロウの理由は「人口を定義するのは現段階では困難」というものだった。

どうも椎名なりに解釈すると、イビスにも妊娠に相当する段階があり、胎児を人口の数に加えるのかどうか？　という部分でガロウは議論を保留にしたいらしい。

確かに椎名も同じ内容の議論を強いられたら、返答に困る。なので「イビスは一〇万人より多いのかどうか？」という質問しかできなかった。それに対する返答はイエス。同じ質問をガロウにされたので、椎名も「セラエノ星系の人類は一〇万人以上」とだけ返した。

ガロウとのこうしたやり取りの中で椎名は、イビスもまたワープはできるが原理はわかっていないのではないかという疑いを持つようになっていた。

というのも、イビスは少なくとも一〇年以上前からセラエノ星系の電波信号を傍受し、解読はできないものの、蓄積を続けていた。ガロウとのＡＩを介した会話が比較的順調なのも、この電波信号の蓄積があったためらしい。

電波信号の蓄積と分析からフォーマットの解析も行われ、大量の文字列を蓄積していた。その解析から文法については推測できるようになっていた。しかし、それでも文字は文字にすぎず意味は全くわからない。椎名との接触によって、初めて単語の意味がわかり始めたのである。

だが、イビスはセラエノ星系にワープしたことがないという。これは「イビスはセラエノ星系に宇宙船で移動したことがあるか？」という質問に「宇宙船でセラエノ星系に行ったことはない」という返答を受けたことでわかる。人類文明が存在するからワープを避けていた可能性もあるが、彼らの人類に対する興味や関心の高さを見ると、避けていたとも思えない。

ガロウの話をそのまま解釈すると、イビス文明もワープ航法が自由にできるわけではなく、何らかの技術的限界があると解釈するのが自然だろう。しかし、人類のみならずイビス文明もまた、ワープ航法に限界を抱えているというのは俄《にわか》には信じがたい気がした。

いまの人類は基礎科学の停滞期で、二世紀ほどその状態が続いている。だからワープの原理がわからないと考えられていた。

しかし、イビスもまたワープは使えるが原理はわからないとしたら、人類と同じく科学が停滞しているのか、あるいはワープというのは知性体には理解できないほど不可解な現象ということになる。

「宇宙には如何なる知性体にも理解できない現象がある」

そんなことは考えたこともなかったが、ガロウの態度は、その可能性を椎名に疑わせた。

「我々の相互交流を前進させるために、人数を増やすことにした」

「ヒカ・ナヨとスミ・ユナはガロウと同じ仕事か？」

椎名のその質問はＡＩの翻訳機能を確認するためだった。ギラン・ビーのＡＩによる翻訳機能は、何の予兆もないままに停止してしまった。それは、椎名がガロウたちと対峙するための唯一の武器を失うに等しかった。理由は不明だが、ただ一部についてはＡＩのエージェントは機能していることから判断すると、修理したギラン・ビーのハードウェア的な問題ではなく、ソフトウエア面でのトラブルと思われた。

問題は、現在は人類のＡＩとイビスのＡＩの相互交流で成立していた自然言語の会話が、イビスのＡＩのみで行えるかどうかということだ。単純なやり取りならポポフの経験で可能としても、複雑な概念の絡む問題には対応できるかどうか。椎名はそれを確認するために、了解が成り立っている「調査官」という単語ではなく、「仕事」という単語を含めたのであった。

「ヒカ・ナヨとスミ・ユナは調査官である。ただし専門分野はガロウとは異なる。この二人は世の理《ことわり》を調べる」

「世の理を調べる」というのは科学者の意味ではないかと椎名は解釈した。ただ科学者という単語は基礎的なものであり、それを使わないというのはナヨとユナは人文系の研究者なのかもしれない。動物としての椎名がわかってきたので、次の段階で文化を調べるということか。

ただイビスたちは人類の文化的な側面を知ろうとしているだけでなく、椎名に対してもイビスの文化を知ってほしいという意図があるようだった。

そう彼女が判断したのは、そこからイビスとの共同生活が始まったからだ。もちろんエツたちとの共同生活はすでに始まっていた。しかし、居住空間の制約のためか、そこでの生活はイビス本来のものとも違っていたようだった。

いまエツの三人は、ガロウが特別な地位にいるためか、独立した区画があてがわれ、ニカはそこでガロウの私生活の細々したことをしているようだった。

しかし、そうした行動はエツだけで、ヒカとスミの六人は違った。まず、この六人が生活する共通空間があった。ヒカ・ツウとスミ・テヨが家事を担当し、ヒカ・サナとスミ・ソヒがヒカ・ナヨとスミ・ユナの助手として働いた。

イビスはいくつかの独立した区画を用意していたが、食事をする場所、就寝場所、作業場所などと、行動と場所が対応していた。人間の家屋も、寝室があり食堂がありと使用目的ごとに場所を変える。ただイビスのそれは、単に家屋ではなく、もっと大きな集団を対象にした区画の違いであるように思われた。

椎名はとりあえず三人の役割を便宜的に調査官、助手、執事に分類した。興味深いのはエッツの三人だけの時はわからなかったが、エッ、ヒカ、スミの三組が集まった状態では、調査官は調査官同士、助手は助手同士、執事は執事同士と、同じ役割のイビス同士が自分たちの担当する作業に関して組織的に協力して動いていた。

また、そうした組織的な作業に関して、助手も執事も三人の間で上下関係があるようには見えず、どちらも三人が対等な関係で作業を行なっていた。

それに対して調査官の三人だけは、ガロウが明らかに格が上であり、ナヨとユナは同格であるようだった。

椎名はこうした中で、言葉を交わすのは相変わらずガロウだけだった。ナヨとユナとは言葉を交わすことはほとんどない。ただガロウはナヨとユナとは頻繁に何かを論じていた。イビスのAIはさすがにギラン・ビーのものより高性能であったようで、いままでと同等の自然言語翻訳を実現していた。

人類とイビスの共通の概念を構築して相互理解を果たすという椎名やガロウの目論見《もくろみ》は、集団生活の中で大きく前進するかと思われたが、すぐに壁に突き当たった。イビス側の人数を増やしたことで椎名のイビスに対する理解は進んだものの、彼らの人類に対する知識はほとんど増えていない。

何より組織文化を互いに学ぼうとしても、椎名一人では人類の組織について情報を与えようがない。

「椎名一人では人類はわかっても、集団はわからない」

ガロウはそう言った。椎名はそこにもひっかかりを感じた。社会という単語も比較的基礎的なものである。イビスのＡＩもギラン・ビーのＡＩとの情報交換で、こうした単語は学んでいたはずだ。だから社会という単語は使えるはずなのに、社会ではなく集団という曖昧な表現としたのは、翻訳不能な何かがあるのだろう。

ただ、イビスの社会に対する観念の違いはともかくとして、椎名一人を通して人類社会を理解しようとすることには、そもそも限界があるのは明らかで、それはイビスにもわかっていたはずだ。椎名の考えは間違っていなかった。そしてガロウたちのアプローチは彼女の予想を超えていた。

ラグ、サナ、ソヒの三体が、軽金属製のパイプやパネルを運び込むと、横幅の広い十字形の舞台のようなものが組み上げられた。幅は一〇メートル近くあるが、部材自体が何かのプログラムに従って自己組織化していたので、三体の作業は運び込むだけで十分だった。

「我々は可能な範囲で椎名の身体を解析した。このことで問題を解決できると考える」

ガロウが言っているのは、椎名とともに人類の身体構造のモデルを構築していたことを指しているのは間違いないだろう。しかし、それで人類の集団について何がわかるのか？

そう思っていると、椎名の視界が変化した。ギラン・ビーが現れたのだ。それが立体映像なのは、色調の不自然さでわかった。どうやらイビスの視覚能力に合わせた映像であるため、色調などが人類と異なるのだろう。技術者として光学センサーなどを扱ってきた経験から判断するなら、可視光よりも広く、赤外域に感度のピークがあるように思われた。

一方で、立体感は非常に精緻だった。いつもと違った塗料で磨き上げられたという印象だ。イビスは鳥に似ている動物だが、生態系の中で地球の鳥と同じ位置を占めていた動物から進化したならば、視覚能力が秀でているのは理解できる。

椎名とガロウがコミュニケーションをとっている専用の部屋はかなり広い空間だったが、さすがにギラン・ビーを収容するとかなり圧迫感があった。イビスはギラン・ビーの修理の過程で、モデル構築のためのデータを集めたのだろう。もちろんコンピュータシステムなどは解析できていないだろうが、そこはこれから椎名の反応から学んでゆくつもりかもしれない。

先ほどの舞台とギラン・ビーの映像は重なっていた。だから舞台の上に重ねて表示されたギラン・ビーの実物大の立体映像の中に入り込んでも、実機と同じように床があるのでラッタルを上り、居住区を歩くことができるのだろう。

しかし、椎名がそんなことを思っていたのもわずかな間であった。ギラン・ビーの中から人が降りてきた。椎名とそっくりだが、少し違う人物だ。それは一人ではなく、次々と降りてきて、最終的には五人がギラン・ビーの前に並んだ。着衣は椎名がいま着ているものと同じだが、イビスたちが学んだ成果なのか、アラビア数字で1から5までが肩口に記されていた。

「この五体は、我々が椎名の分析結果をもとに構築した人形だ。この人形を使えば、人類の集団が持つ文化について理解できると期待している」

人形と言っているが、人間をベースに作り上げたモデルの意味だろう。椎名はイビスが一心不乱に身体構造のモデルを構築してきた理由の一端がわかる気がした。人類社会と直接的に接触を持つのはリスクが高い。仮想空間の中で人類の正確なモデルを再現できるなら、それとコンタクトを取るほうが安全である。

椎名が観察した範囲で、モデルは単純に椎名の姿形を真似たものではないようだった。ガロウと作り上げた骨格や筋肉のモデルを利用して、そのレベルから動きを再現しているのだ。だから首を三六〇度回転させるようなことは、骨格や筋肉の構造が許さないから再現できないわけだ。

ここまで再現するモデルは、無駄に精緻であるとも思えなくもない。だが仮にイビスが人類と本格的な接触が必要となった場合にも、こうしたシミュレーションがあるならば、彼の人らは人類とのコンタクトで失敗するリスクをかなり低くすることができる。何がコンタクトを失敗させるかを知ることができるし、そもそも人類とコンタクトすべきか、すべきでないかを事前に判断することも可能だ。

もっとも事前の判断という部分には矛盾もある。人類に対する精密なモデルを構築するためには、どこかで人類と接触を持つ必要がある。一人か二人の人類を確保して、分析し、モデルを構築する。イビスにとって椎名との接触は、まさにこの難しい条件をクリアした出来事だったのだ。

「名前は椎名がつけるのが良いと考える」

ガロウは言う。自分をもとにして構築した人間モデルに名前をつけろという。これが船外作業でドローンを扱うような場合なら、一号、二号と便宜的に番号を振るのがいつもの椎名の流儀だ。しかし、この場でそんな安直な命名は避けるべきだろう。

とはいえ、これはかなり難問だ。エツやヒカ、スミというのはイビスの婚姻関係を意味するというのだが、椎名と、椎名を元にした人間モデルが婚姻関係にあるはずもなく、親兄弟でもなく、椎名本人とも言い難い。そもそも人ではない。

だがそんなことは互いに百も承知だ。ここでガロウが期待しているのは、人間集団の見立てであろう。消去法で考えるなら、他の選択肢は思い浮かばない。椎名がこの五体のモデルをどのように組織するか、それが要《かなめ》だ。

椎名のコピーが五体である理由はよくわからない。椎名本人を含めて六体ということか。ただガロウとの生活でも五とか六という数字に特別な執着は認められず、そこはあまり深く考える必要はないのだろう。案外、モデルを支えるイビス側のＡＩの能力がこの程度ということかもしれない。

「カワセ、ロス、ジャス、ミナカワ、トイジ」

ギラン・ビーの前に並んでいる五体のモデルを一つひとつ指差しながら、椎名は名前を指定してゆく。それらは椎名の部下というかスタッフだ。とりあえず五人規模の集団で、椎名が責任を持ってモデルの行動を定義できるのは自分の仕事しかない。

「カワセ、ロス、ジャス、ミナカワ、トイジ」

ガロウが身振りを交えてそれを復唱する。それと同時に個々のモデルの数字の部分が、人類の表音文字で名前に変化した。ギラン・ビーのＡＩとの情報交換の中で、音に文字を当てはめることだけは翻訳可能になっていたのだろう。確かに意味の理解より容易なのは理解できる。

椎名はギラン・ビーに向かう。そして五体のモデルの前を通り過ぎる時、「ついて来い」と右腕で前進するジェスチャーをする。イビスのＡＩはかなり高性能なのか、五体のモデルは名前を呼ばれた順番に椎名について行った。

椎名に近い順からついて行くのが合理的という考え方もあるが、そうではなく名前を呼ばれた順というのは、イビスの文化にもそうしたものがあるのだろう。椎名がこれに異議を唱えないことで、ＡＩは名前と序列について学ぶことになるだろう。

椎名は最初、この五体のモデルをどう扱うか考えあぐねていたが、何となく方向性は見えてきた気がした。端的にいえば芝居をすればいいわけだ。筋書きを椎名が描き、五体のモデルがそれに沿って動く。

問題はイビス側のＡＩの能力だが、そこは彼の人らの側で解決してもらうよりないだろう。立体映像と舞台の関係はほぼ完璧で、設営時には気がつかなかったが、コクピットの椅子も用意され、コンソールのあるべき場所には透明なアクリル板のようなものも設置されていたが、これは単なる透明な板で、それ以上の機能はないようだ。

椎名が本物のギラン・ビーのシステムを起動している有様はやはり記録されていたようで、仮想空間上のコンソールに順番に触れると、それは動作ごとに正しい反応を返してきた。船内の照明やコンソールの数値が変化する。単なるアクリル板に仮想空間上のコンソールの映像が重ねられているのだ。

「カワセはここに残って私のサポートをして。他は左舷の居住区でロスの指示にしたがい待機して」

左舷という意味がわからなかったようなので、椎名は操縦席から振り返って左舷側の居住区を指で示した。

するとロスが最初に左舷側の居住区画に向かう。イビスのAIは、名前が呼ばれた個体について適切なアクションを起こせる能力があるようだ。椎名はまずそれが確認できた。

ロスが移動するとジャスがそれに続こうとするのを、椎名は「近い順番からロスに続け」と命じた。するとトイジ、ミナカワ、ジャスの順番で移動して行く。

明石での作業現場なら、ここまでのやり取りは数秒の指示で終わるのだが、事前の知識のないイビスのAIは、丁寧にこうした動きから学んでいるようだ。

椎名の腹積りとしては、架空の修理作業でも想定し、それを行うことで組織の動きを示そうかと思ったが、そこに至るまでの常識を学ばせるハードルは予想以上に高いようだ。

それはおそらくガロウも感じているのではなかろうか。椎名はそんな気がした。

「椎名は、ガロウの椎名の集団の文化を知るという意図は理解した。だが椎名は、そのための準備ができていない。準備のための時間を必要とする」

椎名の言葉は、ガロウには通じたのだろう。立体映像はすべて消え、舞台には椎名だけがいた。その椎名に対して、ガロウは話しかける。

「椎名は準備にどれだけの時間が必要か？」

椎名はざっと計画を立て、さらにマージンを含める。

「二日の時間が必要である」

「ガロウは椎名に同意する」

それと同時に、目の前の空間に白い板が浮かぶ。それは拡張現実上のもので、文字や記号を描くための道具であった。板の表面を指でなぞれば線を描ける。色は変えられないが、圧のかけ方で線の太さは変えられた。たぶん本来はもっと色々な機能があるのだろうが、椎名にはわかりやすいように線の描き方と、描いた線を消す機能の二つだけだった。

セラエノ星系の前方ビザンツ群で発見された通信衛星には色々な記号や図があったが、それを考えれば、こうしたツールを彼の人らが使っていても不思議はない。

椎名は六人で何かの作業を行うことを考えていた。簡単な機械か何かを組み立てるようなものが適当だろう。

色々考えたが、椎名は仮想空間上で蒸気機関を組み立てることを思いついた。仮にイビスの歴史に蒸気機関がなかったとしても、その原理を理解することは可能と思われた。燃焼や水の沸騰を知らない宇宙文明など想像するほうが難しい。相互理解を進める上では、適当な題材だろう。

椎名は記憶を頼りに、蒸気機関の部品を図示し、さらに作動原理の図解を書き添える。図解がどこまでイビスに通用するのかは未知数だが、こんなツールを提供してくるからには、彼の人らにも自信はあるのだろう。

こうして椎名は、黙々と蒸気機関の部品を描き続ける。最初はスケッチ的に描いていたが、ＡＩはそれが何かを理解したのか、直線は直線に、円は円に、スケッチを整形し始めた。ひょっとしたらと思い、最初に描いたパイプの図を触って動かそうとしたら、白い板の中で、自由に方向を変えて視点を移動させることができた。

椎名はそうして部品を作ると、ツールの中で結合具合を確認するなどして作業を続ける。さらに全体の原理図も描いてみた。蒸気機関の熱源は薪《たきぎ》を想定した。大気中に酸素がある惑星に居住しているなら、薪をエネルギー源にしていないとしても、燃焼の何たるかは理解しているだろう。

それにこの蒸気機関は、仮想現実の中で五体の人類モデルに組み立てさせることで、組織の動きをイビスに理解させる目的なのだから、蒸気機関そのものは稼働しなくてもいいのだ。動かなければ動かないで、次のステップに進む指標ができる。

椎名の作業は数時間ほどかかった。蒸気機関そのものは単純としても、ここは数人の人間による共同作業を組み立てのシナリオに織り込まねばならず、そこが注意点であるからだ。

「ガロウは、この図面の物体を映像の中で再現することは可能か？」

白い板は位置を変え、ガロウの姿が見えた。こちらは実物だ。

「それは可能である。ギラン・ビーの中に再現することができる」

椎名は格納庫内での作業を想定していたため、ギラン・ビーの内部での組み立て作業というのは意外だったが、ギラン・ビーの舞台が立体映像の再現に重要なデバイスであったなら、あの内部で行わなければならないのだろう。

「椎名はガロウの意見を了解した」

それから椎名はいつものようにレーションで食事を摂《と》り、シャワーを浴び、就寝した。

作業は、エージェントの時計を信じるなら、翌朝から行われた。

ガロウは、こうした表現が適切であるなら、約束を守った。椎名が設計した蒸気機関の部品をすべて用意した。さすがにすべてを一つの居住区には収容できないため、左右両舷の居住区に分散していた。

椎名が蒸気機関を組み立てようとしているのはガロウにも伝わったらしい。部品は出鱈《でたら》目《め》に置かれてはいなかった。ボイラーを中心とした部品は右舷側にまとめてあり、作業スペースは左舷側になるようだ。

ボイラーを組み立て、復水器を設置し、ピストンとはずみ車を取り付ける。ガロウはそのような手順を合理的と考えたらしいが、それは椎名の考えとも合致していた。

ただし、椎名はその日の組み立ては行わなかった。人間モデルをいまここに出されても、組織的に動かすためには、あと一工程が必要だった。

イビスのＡＩの能力は、かなり高度であることがわかってきた。だから五体のモデルそれぞれに対して行動パターンを決める必要があった。基本的にはずみ車の結合など、二人以上の人手が必要なものについては、作業手順を図示していた。

ただし、それは個別の作業に対してで、全体の流れは図示していない。つまり個別の作業については誰が何をするかの手順は作り上げるものの、それぞれの手順がどのような流れになるのかは、椎名がその都度指示を出す。そういう形にする。

また個別の手順も過度に具体性を高めず、棒を手渡すとか、重いものを運ぶなどの、基本的な動きにとどめるようにした。こうすることで、どの部品を扱うときにはどのような動作が必要かをイビスのＡＩが学ぶことができるだろう。

最終的に目指すべきイビスとのコミュニケーションのハードルはまだまだ高い。だからこそ椎名の側もイビスのAIを教育するような配慮が必要となる。

こうした準備を終えたのちに、実験は始まった。ギラン・ビーの居住区で、椎名はカワセ、ロス、ジャスの三人と、ミナカワ、トイジの二人に対して、それぞれ別々の仕事を割り振った。

「ミナカワとトイジはシリンダーを持って、ピストンを嵌《は》め込め」

これは最初の試験である。一番簡単な作業だが、椎名が図示した作業をAIが理解したかどうかが確かめられる。椎名が描いた絵は一人がピストンを抱え、二人がシリンダーを抱え、そこからピストンをシリンダーに嵌め込むという流れだ。

五体のモデルは骨格や筋肉の構造から動きを再現していたが、一見すると手間のかかるそのやり方が、ここで効果を発揮する。身体の構造から動きを導いているために、AIが最適な動きを再現することで、為すべき動きが自然と決まるのだ。ここまではエンジニアとしての椎名の予想が的中した。

心配していたのは、脳神経系のモデルがほぼ未着手で、手足が受け取る感触については、それを処理するモデルまではできていないことだ。だからシリンダーにピストンを嵌め込むという動作が円滑にできるかどうかには不安があった。

ただ失敗したら失敗したで、別の手を考えることは可能だ。イビスがこの実験を重視しているのと同様に、椎名もまたここからイビスについての情報を引き出そうとしていたのである。

しかし、シリンダーにピストンを嵌め込む作業は、あっさりと完了した。動きにぎこちなさは見えたが、それはイビスのＡＩが、シリンダーとピストンの物理的な接触を再現する時に、筋肉にかかる負荷も計算し、それに対応して動きを調整した結果らしい。

二体のモデルの共同作業が単純なものながら成功したので、次のカワセ、ロス、ジャスの三体の作業に指示を出す。

「カワセとロスがボイラーを持ち上げ、ジャスがパイプ１を接続しろ」

ボイラーを水平に持ち上げないとパイプ１は接続できない。そしてイビスのＡＩが作成した人間モデルは個性を出すためか身長が違っており、カワセとロスでは五センチの差があった。だから無造作にボイラーを持ち上げても水平にならない。

背の低い方のカワセが最適な姿勢を維持しようとすれば、背の高いロスが腰をかがめてそれに合わせる必要がある。逆は物理的に無理なのだから。

しかし、ＡＩはやや時間がかかったが、二体の身体を制御して椎名が思った通りの動きを行い、それにジャスがパイプ１を接続した。

このようなことを繰り返して、数時間後に蒸気機関は完成した。成功したのは間違いないが、しかし椎名は、計画は間違いではないかとの疑念も浮かぶ。人間モデルは確かに協調行動を実現し、学んだが、それを組織文化というのはいささか牽強付会《けんきょうふかい》となろう。

要するに個々の人間モデルは意識までは持っていない。はっきり言えば、身体構造のモデルをもとに最適な動きを模索しているだけだ。

言い方を変えれば、椎名と五体のモデルは、椎名の意思でのみ動いており、そこに組織文化のようなものは期待できないのである。

確かにこの五体のモデルによる協調行動の実験は学びが多いが、イビスに人類の組織文化を伝えるという点では方向性が違っている。

むしろ、五体のモデルを用いて、寸劇のようなものをいくつか積み上げていくほうが近道ではないのか？

椎名はそのことをガロウに提案しようとした。だが居住区の中からガロウの姿が消えている。それどころかエツ・ラグやニカの姿まで見えない。

「エツはどこにいる？」

椎名はヒカとスミが生活する区画に行くと、そこにいたヒカ・ナヨに尋ねた。たぶんガロウの次に地位が高いのがナヨとの判断からだ。

「ガロウはバシキールからは出ていない」

椎名の質問に対して適切な返答とは思えなかったが、椎名とイビスとの間に、ガロウの居場所を示す適切な単語がないならば、こんな表現にもなるだろう。

「どうしてエツの三人がいないのか？」

「エツは婚姻関係にあるからだ」

「ヒカやスミも婚姻関係にあるのか？」

考えてみれば、椎名はこのことをはっきりとは確認していなかった。

「ヒカやスミは婚姻関係にある」

「ガロウは戻ってこないのか？」

「ガロウは明日にでも戻ってくる」

ヒカ・ナヨは「明日にでも」の部分に一瞬の遅れがあった。ガロウの帰還については、時期的に表現しにくい何かがあるのだろう。椎名は一日を二四時間で生活し、ここでのイビスたちもその時間割で動いている。しかし、イビスの本当の生活時間がどんなものなのかはわかっていない。地下都市で生活している彼らが母星の時間で動いているなら、時間表現に苦労するのはあり得ることだ。

それに椎名は時間割に従って一日を生活しているが、ここでのイビスは椎名に合わせているだけで、時間に従って動くという観念がない可能性もある。なぜなら、ガロウとの会話では時間に関わる話題はなかなか通じないことが多いからだ。

とりあえず椎名は五体のモデルについて、今回のようなアプローチではなく、寸劇的なものを行いたいことをヒカ・ナヨに提案した。だが彼の人には、その話はなかなか通じなかった。ガロウとのやり取りでは通じていたような事柄についてさえ、ヒカ・ナヨには理解してもらえなかった。

「自分がガロウでないことを残念に思う」

話が通じていないことだけは互いにわかっていたが、議論はそれ以上進まない。どうやら椎名はイビスのAIが翻訳をしていると思っていたが、じっさいは違っていたらしい。ある程度の翻訳を行なっていたのは間違いないが、それとは別にAIとガロウとの間のやり取りがあって、そこから椎名に返答が行われていたようだ。イビスの発声は可聴域を超えていたためわからなかったが、ガロウはガロウでAIと盛んにやり取りを繰り返していたのだろう。

結果として、椎名ともっとも意思の疎通が円滑にいくのはガロウしかいないというのが現状であるらしい。むろんAIもいずれはガロウの知識を吸収するのだろうが、それはまだ先のことであるようだ。

「ガロウと会話はできないのか？」

ヒカ・ナヨにはこの言葉も通じるか椎名は心もとなかったが、さすがに通じた。

「いまは会話ができる状況ではない」

ガロウはこの宇宙船バシキールのどこかにいて、何か手を離せない事情にあるということだろう。人間でもそういう状況はある。

ともかくガロウとは連絡がつかない以上、椎名は自分だけで考えた作業を進めた。寸劇のシナリオなどを作りながら、あるいはこれもまたガロウがいなければ成功しないかもしれない、そんなことも思った。

そうして翌日になり、気がつくとエツ・ガロウとエツ・ラグの二体だけが戻ってきた。

「何があったの、ガロウ！」

椎名は叫んでいた。なぜなら膨らんでいたガロウの前腹部が平らになっていたためだ。これが人間の女性なら出産したと思うところだが、イビスの身体モデルには子宮に類する臓器はなかった。膨らんでいた腹部には、栄養を貯蔵するための臓器があるだけだ。

だから椎名は、ガロウの地位もあって過剰な栄養備蓄に伴う肥満を疑っていた。栄養を貯蔵する臓器というのは、文明以前の食糧入手が困難な環境の中で、生存のために必要なものだったろう。それが文明により食糧不足が解決すれば、社会的地位が高い個体が過剰に食糧摂取することも起こり得るだろう。

これは人類の歴史でもあったことだ。古代の文明で勢力のある王族が生活習慣病に悩まされていたような事例はいくつも報告されている。

もしかすると過剰な栄養蓄積がガロウの健康に害を与えたので、外科的に切除したのかもしれない。そんなことを椎名は考えた。

椎名が腹部を注視していることをガロウも気がついたのだろう。ガロウはまず彼の人の赤いエプロンをめくって腹部を見せてくれた。

ガロウの腹部は、やはりペンギンのような皮膚をしていた。ただ膨らみがあったあたりの皮膚は真新しいのか、他の部分よりも色が白っぽかった。さらに真新しい皮膚の中心部には、人間なら臍《へそ》に相当するような直径二センチほどの痕跡があった。

「外科手術をしたのか？」

その単語を知っているかどうかは不安だったが、ガロウは知っていた。

「外科手術ではない。剝離である」

「剝離……」

剝離と言われれば、瘡蓋《かさぶた》が取れて新しい表皮が現れた時に、先ほどの腹部のような感じになる。しかし、最大長で五〇センチはあったあの表皮の部分が瘡蓋の痕であるなら、かなりの重傷を負っていたことになる。そしてガロウにそんな様子はまるでなかった。

言葉をそのまま受け取れば、腹部の膨らみが剝離したということだろうが、それが意味するものがわからない。余剰の脂肪を瘤《こぶ》として、定期的に剝離するというのも、進化史や生理学上のメリットがあるとは思えなかった。

だが、そこで椎名はある可能性に思い当たった。

「ガロウは、剝離によって、自身の生物学的形質を継承する個体を独立させたのか？」

適切な単語の擦り合わせができていないから非常に回りくどい表現となったが、椎名の質問は「出産したのか？」という意味だ。

いままで椎名もガロウも、背景の説明が複雑になるということで生殖に関する事項については後回しにしてきた。ならばイビスの生態知識で椎名が何も知らない事項というのは、生殖に関することを意味する。

イビスは卵生と胎生のいずれでもなく、体表面に子宮か卵に相当する臓器が発生し、その内部で胎児が成長する。腹部の栄養貯蔵の臓器は人間の肝臓に相当するのではなく、（この表現が適切であるなら）妊娠中の胎児に安定して栄養を供給するための臓器なのだ。

胎内ではなく、体表面に臓器を発生させ、臓器と胎児の両方に栄養を供給するのは文明世界では容易でも、文明以前の社会では出産までの負担が大きかったのではなかろうか。

ただガロウの様子からも、出産が胎児の母体からの剝離なら、リスクは人間よりもずっと低かっただろう。

「ガロウは、剝離によって、自身の生物学的形質を継承する個体を独立させた」

ガロウはそう言って椎名の質問を肯定したが、適切な単語が使えないことへの苛立ちのようなものが、勘違いかもしれないが椎名には感じられた。

「椎名は、自身の生物学的形質を継承する個体で初期段階のものを赤ん坊と呼ぶ」

「ガロウはそれを了解し、肯定する」

どうやらガロウの出産に伴う会話の中で、先送りしてきた話題と向き合う時が来たようだ。ガロウがあえてこの問題に触れなかったのは、自分の出産を具体例として椎名と概念や言葉を擦り合わせることを考えていたのだろう。

歩くとか食べるなら何度でも再現し、言葉の擦り合わせが可能だが、出産に関してはそんなことは無理だから、この機会を利用するのは当然だろう。

「ニカはいま何をしているのか？」

ニカはガロウとラグの生活面の支援をしていた。そのニカがこの居住区にいない。彼の人らは微生物の存在に神経質になっている。ガロウの赤ん坊が人間の赤ん坊のように免疫力が弱いなら、椎名の前に姿を見せることはないだろう。

そしてガロウの赤ん坊をこの居住区に入れることができないなら、面倒をみているであろうニカもこの場所にはいないはずだ。裏返すなら、ニカの役割分担には育児も含まれる。ガロウは椎名の質問に対して、空間に映像を投影することで対応した。そこは椎名が最初に収容されていた医務室に似ていた。そこにあるベッドの上に三〇センチ四方の皮のようなものが広げられ、その中で、猫くらいの大きさの動物が何かしていた。

視点はどうやら天井にあるカメラらしい。複数のカメラがその猫ほどの動物を撮影している。灰色の皮膚はやはりペンギンを思わせたが、全体に濡れている。そしてその動物は、皮の表面のゼリー状の粘液を舐めている。

そこにニカが現れ、そのガロウの赤ん坊と思われる動物の様子を窺うように覗き込む。おそらくこの皮のようなものは、赤ん坊を収容していた、卵あるいは子宮に相当する剝離した臓器だ。内部の粘液はイビスの赤ん坊が最初に食べる栄養食のようなものだろう。

イビスの赤ん坊が椎名の推測するように、まだ免疫機能が十分に発達していないとしたら、この粘液の中に、自前の免疫が機能するまで赤ん坊を微生物から守る抗体や食細胞的なものも含まれているのだろう。

赤ん坊は粘液を舐めていたが、まだ手足の動かし方が下手で、仰向けにひっくり返ってしまった。その姿は驚くほどペンギンに似ていた。成人のイビスのように手足は長くない。イビスの胎児を収容している臓器のことはわからないが、人間のように羊水で満たされているならば、ペンギンのような短い手足の方が動きやすいかもしれない。

ともかく人間とはまったく異なる出産方法ではあったものの、赤ん坊の行動はどれも合理的な説明ができる気がした。相手が異星人の赤ん坊ということを考えるなら、これは驚くべきことだ。

ただ、椎名はふとある疑問が浮かんだ。胎児を収容する臓器が体外に発生し、出産時に剝離するなら、イビスに人類的な意味での男女という性は存在するのか？

生殖と性別の問題は不可分な関係にあるからどちらも触れないのだといままで思っていたが、そもそも性別がないとしたら、そんな質問自体が生まれるはずがない。

ただ仮にイビスに性がないとしたら、ガロウの赤ん坊はガロウのクローンということになり、何億年もそんな生殖システムなら、進化は起きないとは言わないまでも非常にゆっくりとしたものとなるはずで、イビスが知性化する前に宇宙が終わっているだろう。

どうもイビスの赤ん坊を見せられたことは、椎名の疑問を増やすだけに終わった。しかし、ガロウはそうは思わなかったようだ。

「椎名はどうやって赤ん坊を独立させるのか？」

自分たちの赤ん坊を見せたのだから、人類の赤ん坊についても説明できるだろうというわけだ。いままでの対等な情報交換という紳士協定から言っても、ここは返答しなければならない。なので彼女は難しいところは飛ばして、ガロウの質問を狭く解釈した。

つまり彼女はガロウの質問の意図を分娩であると解釈した。椎名はガロウに、自分の医療データから非破壊検査で割り出した体内図を表示するよう頼んだ。医務室に収容されていた時期の体内図が立体映像で浮かぶ。

椎名は、子宮の部分をまず指で示し、その後、子宮について図示し、それに胎児を描き加える。椎名もガロウの困惑の仕草は何となくわかってきた。そしていまガロウは明らかに当惑していた。子宮の中に描き加えられた小さな人間は何なのか？　それが唐突であると思っているようだ。しかし椎名は、分娩のプロセスを順に描いていく。

そうして分娩が終わった段階まで描き上げた時、ガロウだけでなく、ナヨ、ユナまでもが慌ただしく何かを議論し始めた。人間には聞き取れない言葉ながら、椎名が描いた図について自分たちで何かを描き加えたりしている。

議論はイビス同士の話になっていたが、どうやらここにいる三人だけでなく、外部のイビスも議論に参加しているらしい。

椎名はそっちのけで三人の前に生殖器周辺の立体映像が浮かぶ。色調はいままでのものよりさらに赤が強く見えるのは、完全にイビスの視覚に合わせたためだろう。つまり議論に椎名を加えるつもりはないということだ。

どうも分娩時の子宮と胎児の大きさが問題となっているらしい。椎名は体重三キロくらいの胎児を想定して、その大きさを可能な限り再現した。しかし、それがイビスの議論を招いているのだ。これは図の正確さだけでなく、椎名の発言をどこまで信用できるのかという議論にもなっている気がした。あえて椎名には理解させないまま議論が進むのはそのためだろう。

「椎名のこの図は正しいのか？　大きさはいいのか？」

ガロウはやっと椎名に意見を求めてきた。

「椎名は図の大きさの比率が正しくあるよう描いた」

ガロウの表情を読むのは困難だったが、色々な矛盾に直面し、困惑しているように見えた。外部から何か言われ、それに反論しているように嘴《くちばし》が動いている。

「イビスが考えるに……」

ガロウはそれが自分の考えではなく、より大きな組織の意見であることを示唆した。

「椎名たちは絶滅していなければおかしい」

椎名たちとは人類ということだろう。どうやら椎名が示した分娩の図からイビスたちが再検討したところ、何か問題を発見したということらしい。

「なぜ椎名たちは絶滅すると、イビスは判断するのか？」

「椎名たちが赤ん坊を独立させる行為は、独立を促す主体である椎名たちの身体に対して多大な負担を強いる構造であるとの結論をイビスは得た。

赤ん坊を一体独立させる時に、椎名たちも少なからず生命の危険に晒《さら》されるなら、高度な技術集団を構築できるほどの個体数を確保するどころか、集団の継続も不可能だ」

「あぁ……」

こうした認識の違いが予想されたからこそ、生殖に関する問題を先送りにしてきたのだが、不安は的中した。

イビスたちは、出産が母体に多大な負担を強いることで、母体の生命を危険に晒す死亡率の高い行為なので、人口はほとんど増えない、結果として高度技術文明を維持できるだけの人口に至るはずがないと考えている。

しかし、現実には人類はワープ宇宙船でアイレム星系に到達し、椎名はギラン・ビーに乗った状態で確保された。これは確かに矛盾だろう。

厄介なのは、出産により命を失う女性は現代でこそ非常に稀になったが、それでも人類の歴史を見ると、出産時や出産後の体力低下などによる死亡も含め、一から二パーセントの経産婦死亡率があることだ。

イビスたちの人体モデルによる出産リスクがどのようなものかはわからないが、いくつかのパラメーターが現実と乖離《かいり》しているのだろうとは予想がつく。ただ、胎児が母体から剝離するイビスの出産システムからすれば、人類の出産が信じられないほど危険に見えるのはわからなくはない。

椎名自身は帝王切開で生まれたと母親から教えられたが、イビスに対してそれは何の説明にもなっていないだろう。そうした医療行為で出産する前の段階で、人類は出産リスクのために絶滅していたはずと彼らは言っているのだから。

「イビスによる、椎名たちの赤ん坊の独立行為に関するモデルは、大枠において間違ってはいない。ただその一方で、この複雑な問題に対する正確な情報を持っておらず、さらに椎名は現時点での双方の言語理解で正確な情報を提供する能力がない。

以上のことを考え、この問題の議論は環境が整うまで凍結することを提案する」

ガロウは外にいる仲間たちと激しく議論しているのがわかった。単にガロウに感情移入してしまったためかもしれないが、彼の人は椎名の発言を信じるという立場で仲間を説得しているように見えた。

そのためか、ガロウの返答まではやや時間がかかった。

「ガロウとイビスは椎名の提案を受け入れる。ガロウは椎名からの情報は本質的に正しいという立場をとる」

椎名はその言葉に涙が出そうになった。人類ではない知性体が、ここまで自分を信頼してくれたことに。同時に、ガロウは椎名を信じることで、自分の社会的な地位を賭けているのではないか、そんな想いが椎名にはあった。

「椎名は本件以外の何か適当な質問があるか？」

ガロウが問う。椎名は咄嗟《とっさ》に尋ねた。

「ガロウの赤ん坊の名前は？」

「いまはエツ・クオンである。クオンがエツであり続けられるかどうかは、クオンの才覚次第だ」

「クオンとは良い名前」

椎名の言葉に、ガロウは驚いたように見えた。

「なぜ椎名はクオンを良い名前と考える？」

「椎名たちの言葉で、クオンとは永続を意味する」

「椎名たちの言葉では、クオンにそのような意味があるのか。エツとして光栄である」

8　無人探査機計画

一〇月二〇日・アクラ市

「状況は遠からず落ち着くと思います。ですから、それまではこちらのアーカムホテルに滞在してください」

アクラ市商工会議所頭取のファトマ・シンクレアは、西園寺艦長をはじめとする津軽の乗員たちをアーカムホテルのラウンジに招いていた。アーカムホテルはアクラ市の外れにあり、土木用三次元プリンターで建設した典型的な低層住宅の構造だが、西園寺の印象よりも地上高はあり、三階建てであるという。ラウンジとして半径一〇メートルほどの球殻構造が吹き抜けとなっており、開放感と構造強度を確保していた。

ホテル全体は三角錘をしており、内部には、こんなラウンジが他に三ヶ所あるという。

輸送艦津軽の乗員八〇名の中で、反乱に加担した宇垣一派の一〇名はアクラ市民として逮捕され、拘置中であった。また運用長だった松下は工作艦明石の人間だ。残された六九名の中で、西園寺とともに行動していたのは五九名だった。

他の九名はアクラ市の市民権を取得すると、早々に津軽と袂《たもと》をわかった。何人かはそのままセラエノ星系の市民権を取得し（これは後に他の乗員たちにも提供された）、松下運用長を頼って狼群商会に向かったと聞いた。また料理自慢の主計科の人間の中には飲食業に飛び込んだ者もいた。

西園寺にとっては、それは予想していたことだ。宇宙船乗りの中には「本艦の乗員は家族同然だ！」などという者もいて、宇垣などもそのタイプだが、西園寺はそうした感覚がどうにも理解できなかった。

そもそも独身で身内もいない人間が「乗員は家族」と言っても説得力に欠ける。むしろ松下のように、津軽での経験を活かしてステップアップしてくれるほうが、彼にとっては望ましかった。

とはいえ、いま五九名の部下が自分を頼っているからには、彼らの身の振り方に始末をつける義務がある。何よりも、西園寺の独断で市民権取得に動いたことに伴う責任も無視はできない。だからアクラ市側との折衝は彼が直接行うこととなった。

本来なら船務長が補佐に付くのだが、その船務長が反乱の首謀者であり、当面は西園寺がすべてをこなさねばならない。

幸いにも主計長の星野洋二が見兼ねて手を貸してくれるようになったが、為すべきことは少なくなかった。もっとも彼のおかげで津軽の保有している資金は、どういう方法か知らないが、アクラ市に設けた輸送船津軽の法人口座に引き継がれていた。

市民権はいいが当座の生活資金はどうするか？　という問題はこれで解決がついた。キャサリン・シンクレアは当座の生活費も面倒見るとは言ってくれたが、世の中でただより高いものはない。生活費くらいは自前で調達したかった。

西園寺自身、死ぬまでアクラ市で生活するつもりはなかった。むろん、やはりアクラ市で生涯を終えるかもしれないが、現時点では居住の自由は確保したい。

これは、自分を含めて六〇人の生活環境の問題だ。当面の生活支援については、キャサリン経由でファトマ・シンクレアがホテルを貸し切ってくれた。すべてはここから始めることになる。

「色々、前例のないことですが、職の斡旋《あっせん》などはアクラ市で責任を持って行います。生活の目処《めど》がたつまでは、こちらのホテルでお過ごしください。食事などは手配できますし、セラエノ星系内のパーソナルエージェントのサービスは原則、すべて開放されております」

　ファトマは、関係する資料を乗員たち全員のエージェントに送った。

「市内を出歩くことは可能なのですか？」

　部下の誰かが尋ねる。

「みなさんは市民権をお持ちですから行動は自由です。手順さえ踏めば、津軽に向かうことも可能です。

　しかしながら、いましばらくは出歩かないことが賢明だと思います。報道機関との質疑応答は、いま商工会議所の方で手配しております」

　ファトマの「報道機関」という言葉に、津軽の乗員たちも静かになった。

「まぁ、事実関係を明らかにするのは皆さんの権利ですし、報道機関にも事実関係を確認する義務がございますから」

　アクラ市民となった輸送艦津軽の乗員たちだったが、宇垣船務長による反乱事件から無関係とはならなかった。警察からの事情聴取は予想の範囲内だった。セラエノ星系政府が公正な裁判を約束している以上、関係者に事実関係を質《ただ》すのは当然のことだ。

　予想外だったのは、報道機関の調査の方が警察よりも執拗だったことだ。どこの星系もそうであるが、メディアに流れるニュースの九九パーセントが自分たちの惑星社会の話であり、地球圏の話題はごく少ない。

さらに宇宙進出以前の人類（この場合は地球圏だが）の報道機関は広告媒体であって、ニュースを報じるにしても、その制約から逃れることはできなかった。広告媒体としてスポンサーから見放されれば、報道機関は存続できなかった。

しかし、通信技術とＡＩによる情報分析技術が発達すると、複数の情報源を比較し、確度の高い情報が個人エージェントを通じて伝えられるようになり、それまでの速報性を売りにしてきた報道媒体は消滅していった。速報性ではなく事件などの分析に傾注し、特定分野の専門性を高め、その分析した情報を有償で提供するサービスの事業者が、報道機関と呼ばれるようになった。

そうした報道機関はセラエノ星系にもあった。その専門性は、ラゴス市やアクラ市の諸問題に特化し、反乱事件だけでなく、津軽の乗員がアクラ市に帰化する背景など取材領域は広範囲に渡った。

さらにセラエノ星系には、報道機関はどんな時代にも複数存在すべきという価値観が一般的なので、乗員たちは時に同じ質問を複数回なされることもあった。

報道の自由は西園寺も否定はしないが、生活基盤の構築を急がねばならない自分たちにはそうした取材は負担でしかなかった。このため西園寺艦長はアクラ市商工会議所頭取のファトマ・シンクレアに保護を求めたのであった。それがこのアーカムホテルである。確かに保護という観点ではよくできていた。

三角錘の形状のホテルは、二面が断崖が突き出すようにトーゴ河に面しており、陸路でアクセスできるのは正面玄関だけだった。しかしそこには、フェンスで囲まれた手入れされた庭園を通過せねばならず部外者は侵入できない。それは同時に宿泊客の出入りも完全に把握されているということでもあったが。

「それでですね、アクラ市としては皆さんの安全と利便性を優先して考えております。なので市役所から担当者が常駐します。エージェント経由で私に連絡していただいても構いませんが、すぐに対応できるとは限りませんし、私自身は行政の人間ではなく、あくまでも市役所に協力を要請されている立場です。なので担当者を介するのが一番でしょう。

さ、さ、いらっしゃい」

キャサリンが仕留めた獲物を、ファトマが後からゆっくり食らうというような印象を西園寺は受けていたのだが、その女性は仮に二人の姉妹としたら、随分と印象が違った。肉食獣の横で平気で草を食《は》む草食動物のようだった。もっとも松下だって第一印象は草食動物だった。印象は、印象でしかないことを西園寺は学んでいる。

「セルマ・シンクレア。アクラ市長秘書室の人間ですので、何かありましたらこの娘に言ってもらえれば、市長まで通じます」

「妹さんか何か？」

西園寺はどうも気になったので尋ねた。彼なりに調べた範囲では、アクラ市はモフセン・ザリフ市長の親族と取り巻きで行政と経済を掌握しているようだった。ならばザリフ独裁政権かといえば、利権を独占している証拠はない。

どちらかといえば、経済的な利害関係の衝突の結果、調整役として人畜無害の男ザリフが市長に担がれたと解釈するほうが、西園寺には腑に落ちた。

「末の妹です。こういう大事な仕事は身内が一番ですから」

「セルマです。よろしくお願いいたします」

「あっ、よろしくです」

西園寺は慌てて頭を下げた。

一〇月二〇日・工作艦明石

「軽巡洋艦コルベールを解体する……しかないのか……」

艦内の食堂を臨時の会議室にして、艦長の狼群涼狐は、工作部長の狼群妖虎と副部長の松下紗理奈より報告を受けていた。

「だって、恒星間宇宙船のワープ機関は地球圏でしか製造できない。あれは地球圏の独占的な輸出品なんだから、他星系での製造は無理なのよ。製造させないように作られている。できるのは改造まで」

妖虎はそう説明する。

「でもさぁ、二人とも高等船員学校で博士号まで取得したんでしょ。ワープの原理はわからなくても、装置は作れないの？」

「セラエノ星系の資材でも、一〇〇キロとか二〇〇キロをワープする装置ならできるけど、それじゃ何の役にも立たないでしょ。

恒星間レベルのワープには、ワープ機関を極限状態で維持しなければならないわけ。それを実現するための制御装置の製造は地球圏でしかできない。専用半導体の製造が難しくて、歩留《ぶど》まりが極端に悪いのよ。

その専用半導体を製造する産業基盤が我々にはない。それを構築する余力もない。さらにワープの原理は公開されているけれど、この半導体の製造ノウハウは非公開が原則。安全保障に関する法律の対象なので、地球圏でも全貌を把握している人間は一〇〇人いないと言われているのね」

「半導体で足をすくわれるのか……」

涼狐としては、ワープ機関のコンポーネントなら、三次元プリンターのマザーマシンで製造できるのではないかと期待していたのだが、植民星系にワープ機関を製造させまいとする地球圏の防衛策の方が上手だったということだ。

「ついでに言うとね、恒星間ワープ機関の専用半導体を製造していた工場は、地球圏のTDP社傘下に三つあった。だけど一つは一〇〇年くらい前に事故だかテロだかで操業停止になった。コストがかかりすぎるので再建もされていない。

とりあえず残り二つの工場で必要量は確保できているけど、それ以上の余力はない。だから、無人探査機での植民星系の新規開拓がほぼ行われなくなったのは、色々な事情があるけど、ワープ機関の製造余力がないことも大きいわけ」

涼狐としては、専門家にここまで言われては現実を認めるしかなかった。

「コルベールを解体するとして、何か明るい話題はないの？」

「大まかな見積もりを立ててみたんですけど、恒星間無人探査機なら二隻建造できます」

そう言うと、松下副工作部長がラフな立体図を視界の中に提示した。当たり前だが居住区画などなく、核融合炉にワープ機関、ナビゲーションシステムらしきものがついている。

それに保護用の船殻を被せると、全体の形状はずんぐりした三角錐になった。

「もちろん二隻建造するためには、解体される大型ワープ宇宙船のモジュール化された機関部を再構成して、エネルギーと質量比を調整すればという条件がつきますが」

「二隻もできるの！　それなら政府も喜ぶはずよ」

涼狐は、松下の説明に安堵した。二隻あれば選択肢が広がる。

「多少は冒険もできるか」

輸送艦津軽の宇垣船務長による反乱は、予想外の方面にも波紋を広げていた。セラエノ星系の報道機関は多方面からこの問題を扱っていたが、そうした中には反乱の首謀者である宇垣の発言も公開されていた。

ほとんどの報道機関では、宇垣の発言は多大なストレスにより精神の均衡が崩れたものと解釈されていたが、別の視点で彼の意見を取り上げるものもあった。

「ボイド内のワープがセラエノ星系とアイレム星系の間を行き来するしかできないのであれば、ワープ時のパラメーターを多少変えても、どちらかの星系に戻るだけで、遭難の危険性はない。遭難するリスクが小さいのであれば、少しばかりの冒険は許されるはずだ」

この報道機関の意見は、宇垣が高等船員学校の専門課程を卒業していることなどからも、専門家の意見として無視できないと結ばれていた。

そしてこの意見について、マネジメント・コンビナートでも議論を招いていた。ただそもそもワープの原理がわかっていない状況で、宇垣の仮説を検証するのは容易ではなかった。何よりセラエノ星系社会にワープの専門家の絶対数が少ない。そして数少ない専門家はマネジメント・コンビナートの議論に参加していなかった。

偵察戦艦青鳳はこうした議論には局外中立の立場であった。星系最強の兵器を扱う青鳳はセラエノ星系社会の意思決定に関わるべきではないという立場である。乗員の市民権問題が解決していない中で、内政干渉的な真似はできないというのが夏艦長の意見であり、ミコヤン・エレンブルグ博士に対しても彼女は釘を刺していた。

一方、工作艦明石の妖虎と紗理奈は、製錬所建設やアイレムステーションの準備で忙殺されていた。このような専門家を欠いた状況では、一部の宇宙船乗員の意見が大きな影響力を持った。ただ彼らの意見も、宇垣の仮説を肯定するにも否定するにも決定打に欠けていた。

こうした状況の中でマネジメント・コンビナートの議論は、セラエノ星系市民全体が納得できる方法論は何かという方向に変わっていった。結局のところ、素人が議論を重ねても結論の出る問題ではないからだ。

そこで提案されたのは、セラエノ星系の中で最も艦齢の古い軽巡洋艦コルベールを改造し、無人探査機とする案だった。これは経済畑と工学畑の専門家より為された提案だった。それは、地球圏との交通が途絶している状況で老朽宇宙船を維持することは、資源配分として不利というものだ。

ワープ宇宙船を自前で建造できないなら、青鳳や津軽のような艦齢の若い宇宙船の維持を優先し、老朽艦はそのための資源とすべきという意見である。

この意見は宇垣の反乱より前から提案されていたが、今回の事件から「老朽艦は部品の提供用」という部分が、「新航路開拓のための無人探査機」へと軌道修正された形だ。

こうしてマネジメント・コンビナートの意見がまとめられ、明石に専門家の意見が求められたのである。

「それでアイレムステーションの件はどうなりました？」

松下が尋ねてきた。

「あれは残念ながら延期。惑星バスラに展開されたマイクロサテライトのデータは惜しいけど、宇垣の件やら何やらで時間を食いすぎた。明日、明後日に完成すれば間に合うかもしれないけど、計画を再修正して実行する頃には、もうほとんどが大気圏に突入して燃え尽きているでしょう」

松下は涼狐のその意見を待っていたようだった。

「あれから調べたんですけど、マイクロサテライトにはデータのリレー機能が備わっています。大気圏で燃え尽きるのが前提の衛星ですから、収集したデータを近くのマイクロサテライトに転送します。このため、あの衛星は無駄にメモリーだけは大きいんです。だから大半が大気圏で燃え尽きても、一基でも残っていれば、すべてのマイクロサテライトのデータが回収されます。むしろ大気圏突入の重要データが手に入るでしょう」

「本当にそんなことが？」

涼狐はそれに半信半疑ではあったが、松下が嘘を言うとは思えなかった。

「まぁ、仮にそうだとして、アイレムステーションの土台になる宇宙船はすぐには手配できないでしょ」

「宇宙船は必要ないと思います」

松下はそう言うと、新しいアイレムステーションの映像を提示した。それは歴史の教科書で見るような宇宙ステーションだった。円筒形のジョイントモジュールがあって、それに左右からやはり円筒状のモジュールが接続する。さらに垂直方向に太陽電池パネルと放熱板が展開する。おそらくこれ以上単純な構造の宇宙ステーションは考えるのが難しいくらいだ。

「既存の与圧モジュールを組み合わせます。必要な工事には一日あれば十分でしょう。これを明石に搭載してワープして、放置して帰還すれば、全行程でも半日かかりません」

「本気なの？　明石のことはいいとしても、何かあった時に、アイレムステーションの人間はどうするの？　緊急時に救難信号を出しても、届くのは五年後なのよ？」

涼狐は松下が何を考えているかわからなくなった。この程度のことは彼女なら当然わかっていて然るべきだからだ。それに妖虎が何も言わないのもわからない。

「非常時の対策はあります。救命ボートを搭載します。それを使えばセラエノ星系に戻れます」

「救命ボートで戻れますって、ワープでも……あっ、そういうことか！」

涼狐はやっと話の流れを理解した。コルベールを解体して、無人探査機を二隻建造するが、そのうちの一隻をアイレムステーションの救命ボートとして活用する。宇宙船全体の質量からすれば、数人の人間など取るに足らない数値だ。そしてセラエノ星系に戻るだけなら、居住区など用意せずに宇宙服を着て乗り込めばいいのだ。

松下はさらに続ける。アイレムステーションのジョイントモジュールには左右両側に円筒モジュールが二個追加されていた。そして無人探査機の三角錐がジョイントモジュールの一番下にドッキングしていた。

「最終的にはアイレムステーションはこのような形状になります。無人探査機の一つを救命ボートとするならモジュールの追加はこれが限度です。人間を収容する空間はシールドされるだけで与圧されていませんから、避難時には宇宙服の着用が不可欠です。しかし、生還には問題はありません。この無人探査機の能力はセラエノ星系への帰還のみですから」

「しかし、アイレムステーションが設置されたとしても、それから無人探査機の完成まで、最低でも一ヶ月はかかるでしょ。それはどうするの？」

「それくらいのリスクは負うしかないんじゃないの」

そう言ったのは妖虎だった。

「マイクロサテライトのデータを収集する最後のチャンスを生かすなら、時間が優先される。そしてデータの収集だけでなく、新たな衛星の投入や継続的観測も必要だ。椎名がイビスにより生存しているなら、イビスは人類についてかなりの知識を得ているはず。対して人類はイビスについて何の情報も持っていない。イビスと人類の情報ギャップを埋めることは、最優先されるべきよ」

涼狐は、だいたいの状況は理解できた。

「この問題は私の一存で決められるものではない。これは政府とマネジメント・コンビナートにかけてみる。ただ、アイレムステーションだけは完成させて。いずれにせよ、あれは展開する必要があるから」

一〇月二一日・アーカムホテル

「マネジメント・コンビナートで専門家の意見を必要とするチームが幾つかあるのですが、参加なさいませんか？」

セルマ・シンクレアは昨日からアーカムホテルに事務所を置き、若干のスタッフとともに、彼女自身も部屋を取っていた。何かあった場合に即応するためのようだ。

そしてホテルに案内された翌朝、カフェテリアでトレイを持って朝食の列に並ぶ西園寺に対して、セルマはそう話しかけてきた。

「自分にですか？」

「まぁ、こちらへどうぞ」

セルマに促され、西園寺はパーティションで目隠しされたエリアにあるテーブルに向かう。自走するワゴンのような配膳ロボットが、アームで器用に、二人が載せたトレイをテーブルに並べる。

津軽は、幹部と一般船員の待遇にそれほど差はなかった。高等船員学校での実力のない先輩に限って序列に煩《うるさ》かった経験から、あのような序列意識を自分の船には持ち込まないように心掛けていたためだ。いま思えば松下が運用長として長らく居着いてくれたのも、あの津軽の空気のためだろう。

だから食事の時などは、一般船員と幹部船員で席を分けるようなことは津軽ではなかった。しかし、ここ数日は西園寺に近づく船員はいなかった。嫌われているわけではなく、近づき難い存在と思われているらしい。

それが良いことか悪いことかはわからないが、いまもテーブルにはセルマと西園寺の二人だけだ。ただ何人かの部下が様子を窺っているのはわかった。

「マネジメント・コンビナートというものが、どうもよくわからないんですが。他の星系でこうした市民による意思決定機関は見たことがありません。まぁ、直接民主主義の一種だとは思うんですが、他は議会が立法府の機能を担っている。セラエノ星系にも議会はあるわけですし、政府機関もある。だったらマネジメント・コンビナートというのは何をするんです？」

「厳密に何をする存在かというのは、まだ試行錯誤中です。大枠としては仕組みですが、既存の組織とか機関と呼ぶのが適切なのかもわかりません。

最大公約数的にいうならば、市民集団の欲求を市民集団自身が分析、整理して、市民集団により行政の形で施行・実行し、その結果については冒頭に戻る。そういう流れです。それを通常の行政機関の形で行わないのは、外部の支援を受けられないセラエノ星系では、文明を維持するためのさまざまな管理を自分たち自身で行わねばならないからです。一五〇万市民に文明社会のリソースを提供するためには、一五〇万人全員が管理の仕事につかねばなりません。それだって足りないくらいです」

西園寺がまだマネジメント・コンビナートについて飲み込めないのを察すると、セルマは先ほどの配膳ロボットを手招きする。

「このロボットは地球圏から輸入したものです。こうした用途で使うにはごく普通のありふれた製品です。数十年はモデルチェンジもされていない。価格も安価で、構造も単純、あえてこれを自前で製造しようという星系はありません。

では、これをセラエノ星系で製造しようとすればどうなるか？」

「この程度のロボットなら、三次元プリンターで必要な部品を簡単に製造できるんじゃ？」

西園寺は思ったままを口にする。

「このロボットはモデルチェンジされないまま何百万、何千万と量産されてきたので、専用の三次元プリンターで筐体《きょうたい》も配線もモーターも、すべて一つの機械で素材から完成させるんです。外から組み込むのはセンサーとコンピュータユニットだけです。それさえも専用三次元プリンターが行います。

で、セラエノ星系で製造するには、どうします？」

「設計をやり直して、部品を組み上げるよう個別に生産して、それから組み立てますかね」

「そうですよねぇ、そのすべての工程に専属の人間が必要になる。一時が万事です。輸入途絶で我々の技術で製造可能に見えるものも、いざ製造しようとすれば多くの人材が必要になる。

このロボットの製造にしても、いまの地球圏ならば、専用三次元プリンターのおかげで人間はほとんど不要です。しかし、試作品から専用三次元プリンターを完成させるまでのプロセスで、膨大な人員が開発やマネジメントに関わっているわけです。

つまり地球圏から輸入してきた製品には、その背景に数十億の人間の労力が集約されている。それにより我々の文明社会は維持されている。

もしも我々がこれからも文明世界を維持しようとすれば、一五〇万市民を総動員しても、人間が足りない。

もちろん我々はワープ宇宙船の製造のようなことは諦めねばなりません。宇宙インフラは大幅な後退を強いられるでしょう。ですが、一五〇〇万人が可能な限り効率的に動くなら、文明生活の後退は最小限度に抑えられる。

そのための手段がマネジメント・コンビナートです。それが最終的にどのような形態になるかはわかりません。司法行政立法がマネジメント・コンビナートに融合する可能性もあれば、三権分立の中で、第四の権力としてマネジメント・コンビナートが存在するかもしれません。あるいは、そのどれでもない可能性も少なからずあります」

キャサリンやファトマの妹とのことだったが、姉たちと比べてセルマは明らかにマネジメント・コンビナートに未来を見ているようだった。キャサリンやファトマはマネジメント・コンビナートを行政の下位機構のように捉えていたが、セルマは行政のみならず三権さえも内包するような機構と認識している節があった。

では自分はどうなのかというと、やはり西園寺にはわからない。マネジメント・コンビナート以前に、セラエノ星系社会についても何も知らなかった。何度か寄港したことはあったが、軌道エレベーターがあるわけでもなく、シャトルで降りて楽しい星でもない。荷物を降ろしてさっさと地球圏に戻るほうが楽しみは多かった。

だから今回のことがあって初めて惑星レアに降りたほどだ。とはいえ、ここで生きてゆかねばならないとしたら、早々に腹を括る必要がある。自分がふらついていては、他の乗員たちの生活再建にも影響するだろう。

「なるほど、わかりました。ただ自分の専門知識といっても、アクラ市やラゴス市の人たちにとって価値がありますか？　こう言っては失礼ですが、みなさん、宇宙とは無縁の生活だったのでしょう？」

セルマは首を振ったが、その仕草が西園寺にはなぜか好ましく見えた。

「いえ、だからこそ、宇宙についての知識や経験のある方がメンバーになってくれることが重要なんです」

そう言ってセルマは、西園寺のエージェント経由で彼の参加を求めているグループを提示した。

そして西園寺は、カフェテリアのテーブル席から一瞬で仮想空間上にいた。自分の前には壁があり、そこにいくつもの張り紙のような形で、西園寺の参加を求めているグループの要請理由が表示される。

西園寺への意見を求めるチームは、ざっと五〇近くあり、一〇ほどは、「津軽の乗員は何名か？」とか「平均給与はどれくらいか？」のような即答できる単純な内容で、それにはすぐに返答をエージェントに許可した。

二〇ほどの参加要請は、西園寺である必要が疑わしいものであった。どうも先方も他星系から来た部外者の意見を聞きたいだけというのが真意と思われた。残りのうち三分の一は西園寺にもわからない高度な専門知識が必要なものであり、それと同じくらい教育者として参加してほしいという要請があった。

専門知識が必要なものの中には機関長が適任と思われるものがあり、教育者としては乗員で適任と思われる者が何人かいたので、エージェント経由で本人の了解をとって、それらのグループにつなげた。拙速な気もするが、部下たちがセラエノ星系社会に受け入れられる機会は活用すべきだろう。

そうした中で西園寺自身が適任と思われたのは、津軽などの宇宙船のモスボール技術と長期運用の検討であり、もう一つはアイレム星系の探査計画だった。西園寺は、仮想空間上の壁の中で、その二つだけを選択する。

そうすると、彼は大きな会議室で聴衆の前に立っていた。それは両方のグループから共通の質問をされていたためらしい。

「どうしてセラエノ星系からワープすると行方不明にならず、アイレム星系に移動するのか、何か考えはあるか？」

それは一般市民からなされたものだが、確かに自然な疑問であるし、それと同時に反乱を起こした宇垣の発言をも意識したものらしい。

西園寺もワープ宇宙船の艦長を任されるほどの人材だから、それなりにワープ機関の知識はある。そして地球圏に帰還するはずがアイレム星系にワープアウトした時から、彼もこの現象の理由を考えていた。

ワープの原理はわかっていないものの、工学的には「何をすればどうなるか？」についてはわかっていた。そうした知識から西園寺なりに仮説は持っていた。

「まずセラエノ星系は銀河系のどこにあるのかわかっていない。ただ、ボイドのような半径三〇光年内に二つの星系しかないという特殊な構造が地球圏から観測されていないことからして、かなり遠距離にあることが予想されていた。

そして単純な比例関係にはないものの、星系内のワープと恒星間のワープでは、必要とされるエネルギーの水準が天と地ほども違う。

もしもボイド内でワープに影響する空間の構造に変化があったとしたら、地球圏へのパラメーター設定をしても、エネルギー量がワープに必要な水準にないために、五光年離れたアイレム星系にワープしてしまうのではないかと私は考えている」

仮想空間の様子は変わらない。ここに繋がっているすべてのメンバーがこの話に関心を持っているのだろう。よく見れば聴衆の数は最初の倍くらいになっている。

「言うまでもなく、遭難理由については私の推測にすぎません。遭難した宇宙船が帰還した事例がないので、推測できるだけです。

ですが、この仮定を前提に考えるなら、いま起きていることは比較的単純に説明できる。何かの理由でボイドの外にワープするために必要となるエネルギー量が増大した場合、宇宙船はエネルギーが足りないためにボイドの外に出ることはできず、セラエノ星系が始点であれば、終点となる恒星系はアイレム星系しか残されてはいない。逆もまた成り立つ。ボイドの中に星系は二つしかないのですから。

以上は、あくまでも津軽艦長の私見にすぎませんが、現在の状況を説明できると思います」

西園寺の発言が終わると、それを聞いていたグループのメンバーから、正式なメンバー参加が打診された。彼の認識では二つのグループから意見を聞かれたと思っていたが、彼の話の間に別の分科会が新たに立ち上げられたらしく、参加打診は三グループに増えていた。とりあえず西園寺は検討することを約束して、その仮想空間より離脱する。考えたらまだ食事中だ。

セルマも同じ仮想空間の中にいたのか、西園寺と同様に食事は止まったままだった。

「すいません、すっかり冷めてしまいましたね」

西園寺がそう言うと、セルマは、誘ったのは自分だからと却《かえ》って彼に謝罪する。

「興味のある分野は何か見つかりました？」

「幾つか自分の知見が役立ちそうなグループがありました。しかし、考えてみればいまのようなことを仕事とは言えませんね」

西園寺はそれに気がついていた。マネジメント・コンビナートへの参加が仕事になるなら、部下たちの身の振りようはあると思うが、アクラ市民としての生業になるとは思えない。マネジメント・コンビナートへの参加がいわば市民の義務のようなものであるなら、ボランティアの類《たぐい》ではないか。それが西園寺の印象だ。

「そうとは限りません。事業としてマネジメント・コンビナートに参加することは可能ですし、中小の企業体や企業の部門レベルで参加しているメンバーも少なくないです。社会を管理するのに対価が出ないなら、経済が止まりかねません。むしろ業務ごとにギャランティを支払うことは、マネジメント・コンビナートにおいて問題解決の自動性を機能させるには必須だと私は思っています」

セルマの意見は、この動きをボランティアの延長と考えていた西園寺には新鮮だった。

「どういうことですか？」

「まず何であれ労働には対価が伴います。そして対価の多寡は個人によって決まる。なのでマネジメント・コンビナートではそれぞれのチームのメンバーの合議によって、ギャランティが決定されます。必要ならその判断が適切かどうかの判断のために、別のチームが意見を求められることもある。原則は公正さです」

「公正なギャランティがメンバーの士気を高めるということですか。しかし、それは問題解決の自動性には繋がらないと思いますが」

西園寺は率直な疑問をセルマにぶつけた。

「チーム内でのギャランティが公正に決められる。このことを前提として、マネジメント・コンビナートではさまざまな問題が議論の対象になります。

たとえば住宅問題の議論の時に、特定の人物のギャランティだけが急騰しているとします。チーム内で公正に決めているのに、特定人物のギャランティが急騰する状況というのは、その人物が複数のチームで業務を兼任している場合に起こります。

先ほど西園寺さんにも体験していただきましたけど、専門知識を持った人材には、さまざまなチームからオファーがあります。多くはチームに参加するまでもなく助言程度で終わりますが、複数のチームに深く関わらねばならない人材も出る。

重要な役割の人物にはチームも高いギャランティを出す。それが重なれば特定の人物のギャランティだけが高騰する。

これは視点を変えるなら、その人物が担っている問題分野について、緊急性と人材不足が起きていることを示しています。

マネジメント・コンビナートは、社会の多くの問題を議論します。しかし、何を議論すべきかを決定するのは容易ではありません。そうした時に、ギャランティの異常が認められるなら、それが我々の社会が抱える緊急性の高い弱点だと解ります。そこに議論の焦点が移り問題が解決される。需要が多い分野なら、人材の発掘や育成が行われることになりますから。こうした一連の流れが自動性であるわけです」

セルマは姉たちとはまったく違った視点でマネジメント・コンビナートを見ているのではないか？　西園寺は再びその印象を強くした。

「我々にもそうした運動に参加するための、事業化は可能だと思いますか？」

西園寺は意識して、マネジメント・コンビナートに加わることを運動と表現した。

「はい、そのために私はここにいます」

セルマはそう言い切った。

一一月二三日・軌道ドック

その時の軌道ドックは、おそらく最後になるであろう大規模な増築が行われていた。製錬所の建設による施設拡大とともに、無人探査機製作のために軽巡洋艦コルベールが解体され、機関部や発電設備が撤去された船殻だけが残され、それが軌道ドックの倉庫と居住区を兼ねる空間となったのだ。

製錬所の設計もこれに伴い変更されたが、明石の乗員も参加したマネジメント・コンビナートの協力で短期間に良いものがまとめ上げられた。明石のエンジニア集団単独でも計画は実行できたが、インフラ系のエンジニアは少ないため、マネジメント・コンビナートの専門家より適切な意見を入れることができたのだ。

同時に、地上のインフラ系エンジニアも、宇宙船や宇宙施設に関する技術的知見を学ぶことができたので、この修正は双方にとって非常に有意義なものとなった。

狼群商会の社長でもある狼群涼狐にとって興味深いのは、アクラ市商工会議所から提案された、セラエノ連携銀行創設案であった。地球圏経済と完全に切り離された状態のセラエノ星系で、金融市場をどう円滑に維持するのかという問題への提案だった。

これは地球圏に保有するセラエノ星系の債券や負債などをどのように処理し、同時に孤立した星系で完結した経済をどう構築するのかという問題でもあった。これに対しては対症療法的に新通貨の発行計画で凌いでいたが、中長期的には金融問題に抜本的な改革が必要と考えられていた。

連携銀行はそのための策の一つだった。これは電子通貨を管理するAIに対して、資金のトレーサビリティを付与するだけでなく、資金自身に判断力を持たせるというものだ。この判断力とは、マネジメント・コンビナートの施策とAIが連携し、緊急性の高い問題解決のために、資金自身の判断で予算配分に自動性を持たせるというものだった。

これを考えたのは経済の専門家ではなく、ある外科医だった。「傷口に血小板が集まって止血するイメージ」と外科医は述べていたが、経済規模の小さなセラエノ星系で、予算を効率的に活用するメカニズムとして本格的な研究プロジェクトが組織されていた。

おそらくマネジメント・コンビナートを発案した人間が考えた以上に、この構想は急激にセラエノ星系社会を変えつつある。狼群涼狐はこのために、主な幹部の何人かをマネジメント・コンビナートに積極的に参加させていた。

そうした中で、軽巡洋艦コルベールから改造された無人探査機二隻が軌道ドックの上で完成した。明石の工作室でも、さすがに軽巡の機関部丸ごとは収容できなかった。コンポーネントのいくつかは明石の艦内で並行して製造されていたが、作業の大半はコルベールと軌道ドックを連結して作成した作業エリアで行われた。

事実上、機関部のみの無人機と言われていたが、それでも一辺六〇メートル、高さ五〇メートルの三角錐形の装置となった。機関部と骨組みだけの無骨さであったが、保護シールドを貼り付けるとスマートなデザインとなった。

ただ二隻の構造はまったく同じであるはずなのに、外観はかなり違う。Ｅ１と描かれた方は、鏡面のような船体に文字だけが黒い。対するＥ２と描かれた方は、漆黒の闇のような黒に、多少は明るさを感じさせる黒で文字が表記されている。

「Ｅ１とＥ２の外観が違う理由は？」

涼狐は完成の報告を、担当者である松下副工作部長からブリッジで直接受けていた。

外観の違う理由を涼狐は知っていたし、エージェントにも記録されていたが、それでも担当者からの最終確認はしておきたかった。特に今回の主務者は妹の妖虎ではなく松下であるから、それは彼女に対するリスペクトでもある。これはあなたが為した仕事であるのだと。

「Ｅ１のＥはエクスプローラーの頭文字から取りました。本当の意味でのワープ航路の探査船です。なので星系内で回収する必要が起きた場合に発見しやすいように、可視光でも電波でも強く反射を返すような表面処理がなされています。

Ｅ２は逆です。アイレム星系のステーションにドッキングした状態で設置される救命ボートなので、可視光からも電波からも発見しにくいように反射を最小にする表面処理が施されています。ちなみにＥ２のＥはエスケープのＥです」

「副工作部長、立派な仕事をありがとう」

それを聞いて松下は涙目になったが、妖虎が耳元で泣くなとか何か囁くと、無理して笑顔になる。

「光栄です、艦長」

松下の言葉を受けて、涼狐は思う。大きな計画が始まりつつあると。


すでに一〇月二二日には、明石によってアイレム星系に宇宙ステーションが設置されていた。アイレムステーションの稼働である。宇宙空間に展開されると、一〇月二九日の二度目のワープではギラン・ビーも一機そこに置かれることとなった。

アイレムステーションの拡張作業にギラン・ビーがあったほうが安全で確実という指摘と、未知の知性体がいる星系であるから、ワープ宇宙船とは言わないまでも、脱出手段はあるべきという意見が多かったからだ。またアイレムステーションのモジュール結合なら、明石を用いずともギラン・ビーで十分という見解が政府から出されていた。明石を可能な限り危険に晒《さら》さないというのがアーシマ首相の基本的立場だった。

これに関連して、アイレムステーションに誰を常駐させるかという問題が未確定という事情もある。志願者が多くてマネジメント・コンビナートでも絞りきれないためだ。これもあってステーションの拡張は不可避と判断されていた。

さらにマイクロサテライトからのデータ受信よりも長期観測が重要とされたことで、アイレムステーションを設置したら、その通信システムを介して、データ受信はギラン・ビーで行われることとなった。つまり明石の人間は当面はギラン・ビーで作業にあたり、アイレムステーションに常駐するのは別の人間というわけだ。

データの回収は成功し、それは後日、追加モジュールを明石が輸送した時に転送され、マネジメント・コンビナートの専門家チームにより分析に回されていた。さらにこの時に、明石からはロケットブースターを装着した探査衛星が惑星バスラの軌道上に投入されていた。イビスの探査能力は未知数ながら、マイクロサテライトが撃墜されず、また彼らの本拠が地下らしいことで、衛星投入は可能と判断された。

それでも加速と軌道投入は慎重に行う必要があり、惑星全体を探査できる極軌道に入るのはアイレムステーションの運用後と思われた。

そして、アイレムステーションへの明石の三度目のワープは特別な意味を持っていた。

「先輩じゃなくて部長、本当にこんなもの積み込むんですか？」

無人探査機E２の頂部は、何もない高さ三メートルほどの部屋になっていた。緊急時には宇宙服を着用した人間がこの空間に乗り込むことになっていた。しかし、宇宙船に関する安全航行規則は現在も有効であるという政府の意見に従い、ここは与圧区画として機能するようになっていた。

法的にはエアロック扱いで、通常は真空でもいいが必要時には与圧できるようにとの要求が出された。確かに緊急時の脱出ではそのほうが有利だろう。

これもあって出発前の点検で、このエアロックにはグラン・ビーがドッキングし、妖虎と松下は与圧区画の点検も兼ねて物資の搬入を行なっていた。細かい生活必需品の類である。なにしろアイレムステーションは、検査機器の隙間に人間が生活するような場所であるため、生活の質を少しでも向上させるものが必要だった。特に食料品などについては良質なものが集められた。

そんな中に、その箱はあった。二〇センチ立方の木製の箱で、一面だけが網になっており、そこから覗くと黄色い小鳥が入っている。形状からすれば地球のカナリア系と思われた。

「小動物を飼うのは精神の安定に寄与するから積み込むの」

「あぁ、そうなんですか。てっきりこの空間で動物が死なないことの確認のためかと思いました」

「それもある」

半分は妖虎の冗談であったが、半分は本気だ。理論的には安全であるはずだが、言ってしまえばエンジンの真上に人が腰掛けて安全かを議論するようなものだ。

「そういえば副部長……」

「紗理奈でいいです、他に誰もいないし」

「他に誰もいないから副部長と呼ぶのだ。知っているか、このテストには西園寺艦長も同行するって」

妖虎の話は、松下にはまったく寝耳に水であるようだった。

「西園寺がなんで？　E2はコルベールを解体したものだし、津軽の出てくる余地なんかないじゃないですか」

「アイレムステーションの補充要員って話。アクラ市がねじ込んできたとも、政府の推薦とも色々な話が聞こえてる」

「ふーん、そうなんですか。先輩、思うんですけど」

「何？」

「カナリア降ろして、西園寺をここに積み込んだら一石二鳥じゃないですか？　可愛い小鳥を実験台に使わなくて済みますよ」

「冗談でも、そんな馬鹿なことは言わないの」

妖虎は紗理奈を叱る。

「カナリアと西園寺艦長では、重量が全然違うじゃない！　ここに余分なものを積み込む余裕はないの。技術屋ならわかるでしょ！」

工作艦明石は、地球圏との交通途絶などという予想外のことがあったために多くの作業をこなし、多くの人間を迎え入れることが頻発したため、客室というものが増設された。倉庫の一部を改造し、狭いながらもラウンジなどを設けて、一〇人程度が居住できるようにしたのである。

ただし、これは一面の真実にすぎない。倉庫の一部を改造したのは、秘密情報にアクセスする資格を持たない客人を、工作室などの重要な施設には移動できないようにするためだ。客人の待遇改善は、情報管理と表裏一体なのであった。

「個室なだけましなのか」

西園寺は割り当てられた部屋に荷物を持ち込んだ。と言っても鞄一つ。津軽から持ち出したのもこの鞄だけだった。特別思い入れがあるわけではないが、便利なので何年も使っている。しかし、ワープ宇宙船の乗員として、自分の私生活とはこの鞄一つに収まるのかと思うと虚しい気持ちにならなくもない。

　割り当てられた部屋は、一辺二メートルの立方体だ。無重力環境での船室によくあるタイプで、容積は小さいが、六面すべてが壁であり床なので、主観的には空間効率が高く感じられるのだ。

　そんな部屋が横並びに五つあり、さらに上下に二段並んでいる。西園寺の部屋は中央の上段だった。彼はそこで改めて、自分たちの計画を確認する。

　そもそもの始まりは、セルマの支援を受けて、津軽の乗員たち五〇人ほどで一つの事業体を作り上げたことだ。それはマネジメント・コンビナートにおいて、恒星間宇宙船の専門家として有償で他グループに協力するというものだった。

　無論これだけではなく、当面はアクラ市から輸送艦津軽のモスボール状態の確認と、必要ならそれを稼働させることも請け負っていた。

　そうした形で一ヶ月近くを試行錯誤した中で、アイレムステーションの調査活動の支援が政府筋から求められた。アイレム星系に実際にワープした経験があり、無人探査機E2の運用が可能な人物が常駐者に必要とされたためだ。

　軽巡洋艦コルベールの乗員たちもある程度は条件を満たすのだが、セラエノ星系の軽巡洋艦が、カナリアス、香取、寧海《ニンハイ》の三隻になったことで、いままで定数を満たせなかった軽巡洋艦は、乗員の定数が満たせるようになった。イビスの存在により、万が一の場合に備えて定数を満たし、軽巡洋艦の稼働率を上げる必要があったためだ。なのでコルベールの乗員は分散して、三隻の軽巡に割り振られていた。

この状況で諸々の条件を満たせる人間は四人。一人は津軽の船務長の宇垣だが、彼は拘置状態にある。機関長のペッグは別件の教育事業で動けない。他には運用長の松下がいたが、いまや明石の人間で、複数のプロジェクトを抱えていてアイレムステーションへは常駐できない。

そうなると残るのは艦長の西園寺一人だった。事業体の代表は西園寺なのだが、マネジメント・コンビナートの流儀で、代表がいなくとも組織は自律的に活動できた。西園寺が担うべき役割を代替してくれるチームもいるからだ。

こうして西園寺は明石に乗っていた。考えてみれば無茶な話にも思える。それでも彼がこのプロジェクトに参加したのは、単に仕事だからではなかった。パートナーに恵まれたことも少なくない理由だった。

「よろしいですか？」

そう言って西園寺の返事を待たずに入ってきたのは、セルマだった。彼女はアイレムステーションの観測チームをマネジメント・コンビナート内で再編し、事業チームとして再起動させていた。その事業チームの一員が西園寺という構図だった。

つまり西園寺は自分たちの事業体とは別に、アイレムステーション観測チームという事業体にも属していることになる。マネジメント・コンビナートでは、西園寺のように複数の事業に関係するメンバーが増えていた。

それは、メンバーの豊富な知識や経験を他のメンバーが活用できるという利点だけでなく、そのような人物を仲介として、異分野のチームが相互交流を持つことの効果も期待されていた。

そうした段取りをつけたのがセルマであり、西園寺の仕事は常に彼女とともにあったと言ってもよいくらいだった。

「ミッションチームから追加の提案がなされました。西園寺さんの承認があれば実行されます」

西園寺のエージェントが修正計画を示す。それはなかなか驚くべきものだったが、客観的にみれば当然のものでもある。むしろこれを失念していたのは、関係者全員がいささか冷静さを欠いていたのではないかとさえ思う。

「E2を明石で運搬するのではなく、物資を載せた状態でE2をワープさせ、物資をアイレムステーションに移送後に、私がE2で乗員一名を伴い、セラエノ星系に戻る……ですか」

　確かにこれは当然の試験で、二つの星系を往復できるかどうかの確認とともに、緊急時の救命ボートとして使えるかどうか、有人飛行による安全確認も必要だ。

「無人探査機E2の設計は僕も確認しましたけど、特に問題はないですね。松下が主務者としてやった仕事なら間違いはないはずです」

「西園寺さんを真っ先に見限った部下なのに、随分と高く評価なさるんですね」

　セルマの声はちょっと冷たかった。

「いやぁ、松下は経験を積むためだけに津軽に乗艦していたのはわかってましたよ、彼女の仕事に対する貪欲さを見ていれば。いずれ一国一城の主《あるじ》として独立すると思ってたので、僕なりに運用長には機会を与えたつもりです。宇宙船ってのは、人材育成の学校みたいなものですからね」

「西園寺さんって、素敵な方ですね、広い視野で物事を考えられていて」

　西園寺はこんなことでセルマに誉められるとは思ってもいなかった。だからどんな態度が正しいかわからない。

「自分より優秀な奴がいたら、そいつの可能性を引き出すのも艦長の仕事のうち。それだけのことです」

けっこうキザなセリフにも聞こえるが、それが西園寺の本心なのも確かだ。天才たちを前にした凡人の生き残り戦略だと、西園寺は自分の立ち位置を理解していた。

「帰還してから、再びアイレムステーションに戻る。ワープに関わるデータを収集し、実験成功後は定期的な情報伝達と補給任務に就く。なるほど」

「伺おうと思ってたんですけど、ワープ宇宙船ってE2まで簡素化できるものなんですか？」

「E1やE2はワープ宇宙船としては特殊なんです。あれは決められた二点間を移動できるだけです。だから航法コンピュータも比較的単純です。航路計算の面倒な部分は外のスパコンで行なって、E1やE2は計算結果をトレースするだけなので。宇宙船としての汎用性を持たせるためには、スパコンの搭載が必要です。

ところで、帰還試験に僕の他の乗員一名って誰ですか？」

「私です。アクラ市に戻る用件がありますから」

セルマは西園寺に楽しそうな表情を向けた。

無人探査機E2のアイレム星系投入は一一月二四日に行われた。ニアミス回避のため工作艦明石は先行し、続いてE2がワープする。それまでの間に明石ではアイレムステーションへの追加モジュールを放出していた。電力がE2の核融合炉から提供できるようになったので、さらなる拡張が可能となったのだ。

帰路は西園寺とセルマを乗せて帰還するE2ではあるが、アイレム星系へは無人でワープし、西園寺たちは明石で移動した。明石はE2がワープアウトする前にE2の観測準備に入るだけでなく、追加モジュールの展開も行われた。

西園寺とセルマはアイレムステーションに移動してすぐに仕事にかかる。ワープアウトするE2の観測と、さらに明石から投入された地上探査衛星のデータ受信がある。安全のためにデータは毎日、衛星の指向性アンテナがアイレムステーションを向いた時だけ送信されるのだ。

「……五……四……三……二……一……いま！」

E2のワープアウトを探知するための観測器の一つを担当するセルマが叫ぶ。西園寺も比較的最近知ったのだが、彼女は科学技術についてかなり造詣が深かった。だから機器の管理も自然にできたのだ。

「確認した！　E2ワープアウト、座標と時間の誤差は許容範囲内！」

西園寺が報告する。同じデータは明石でも観測されているはずだ。さらに西園寺の制御で、E2は無事にアイレムステーションにドッキングする。

与圧の状態を確認し、E2の貨物モジュールからは、搭載物資が運ばれてゆく。明石は実験の成功を確認するとすぐにセラエノ星系に戻っていった。明石には仕事が山積しているためだろう。

荷物の移送の途中で、観測衛星のデータ受信の時間となった。まだ常駐メンバーのエージェントと観測機器の連携設定ができていないため、装置類は人間が直接操作する必要があった。

「衛星からのデータ傍受成功！」

常駐メンバーで惑星環境の専門家というイーユン・ジョンが歓喜の声を上げた。データはすぐに立体画像として再生される。

「ちょっと待ってください、画像データ以外に衛星は光の点滅信号を認めています」

セルマが困惑気味に報告する。

「この信号、フォーマットが我々の通信規格と同じです！」

「再生できますか？」

西園寺の問いにセルマは信号の復調で答えた。

「……バシキールにいる椎名ラパーナです……」

本書は、書き下ろし作品です。

〈日本SF大賞受賞〉

星系出雲の兵站（全4巻）

林 譲治

人類の播種船により植民された五星系文明。辺境の壱岐星系で人類外らしき衛星が発見された。非常事態に乗じ出雲星系のコンソーシアム艦隊は参謀本部の水神魁吾、軍務局の火伏礼二両大佐の壱岐派遣を決定、内政介入を企図する。壱岐政府筆頭執政官のタオ迫水はそれに対抗し、主権確保に奔走する。双方の政治的・軍事的思惑が入り乱れるなか、衛星の正体が判明する――新ミリタリーSFシリーズ開幕

〈日本SF大賞受賞〉

星系出雲の兵站―遠征―（全5巻）

林 譲治

人類コンソーシアムに突如届いた「敷島星系に文明あり」の報。発信源は、二〇〇年前の航路啓開船ノイエ・プラネットだった。報告を受けた出雲では、火伏礼二兵站監指揮のもと、バーキン大江少将を中心とする敷島方面艦隊の編組と機動要塞の建造が進んでいた。一方、ガイナス封鎖の要衝・奈落基地では、烏丸三樹夫司令官率いる調査チームがガイナスとの意思疎通の緒を探っていたが……。シリーズ第二部開幕！

ハヤカワ文庫

この空のまもり

芝村裕吏

強化現実技術により、世界のすべてに電子タグを貼れる時代。強化現実眼鏡で見た日本は近隣諸外国民の政治的落書きで満ちていた。現実政府の対応に不満を持つネット民は架空政府を設立、ニートの田中翼は架空防衛軍十万人を指揮する架空防衛大臣となった。就職を迫る幼なじみの七海を気にしつつも遂に迎えた清掃作戦は、リアル世界をも揺るがして……理性的愛国を実践する電脳国防青春ＳＦ

ハヤカワ文庫

富士学校まめたん研究分室

芝村裕吏

陸上自衛隊富士学校勤務の藤崎綾乃は、優秀な技官だが極端な対人恐怖症。おかげでセクハラ騒動に巻き込まれ失意の日々を送っていた。こうなったら己の必要性を認めさせてから辞めてやる、とロボット戦車の研究に没頭する綾乃。謎の同僚、伊藤信士のおせっかいで承認された研究は、極東危機迫るなか本格的な開発企画に昇格し……国防と研究と恋愛の狭間で揺れるアラサー工学系女子奮闘記！

深紅の碑文
上
上田早夕里
The Ocean Chronicles II
Sayuri Ueda

機龍警察〔完全版〕

月村了衛

テロや民族紛争の激化に伴い発達した近接戦闘兵器・機甲兵装。その新型機〝龍機兵〟を導入した警視庁特捜部は、搭乗員として三人の傭兵と契約した。警察組織内で孤立しつつも彼らは機甲兵装による立て籠もり現場へ出動する。だが背後には巨大な闇が。大河警察小説シリーズ第一作の徹底加筆完全版。解説／千街晶之

機龍警察 自爆条項〔完全版〕（上・下）

月村了衛

機甲兵装の密輸事案を捜査する警視庁特捜部は、英国高官暗殺計画を摑む。だが、不可解な捜査中止命令が。首相官邸、警察庁、外務省、中国黒社会の暗闘の果てに、特捜部付〈傭兵〉ライザ・ラードナー警部の凄絶な過去が浮かぶ！　今世紀最高峰の警察小説シリーズ第二作に大幅加筆した、完全版が登場。解説／霜月蒼

著者略歴　1962年生，作家　著書『ウロボロスの波動』『ストリンガーの沈黙』『ファントマは哭く』『記憶汚染』『進化の設計者』『星系出雲の兵站』『大日本帝国の銀河』（以上早川書房刊）他多数

HM=Hayakawa Mystery
SF=Science Fiction
JA=Japanese Author
NV=Novel
NF=Nonfiction
FT=Fantasy

工作艦《こうさくかん》明石《あかし》の孤独《こどく》2

〈JA1534〉

二〇二二年十月　二十　日　印刷
二〇二二年十月二十五日　発行
（定価はカバーに表示してあります）

著者　林《はやし》　譲《じょう》　治《じ》
発行者　早川　浩
印刷者　西村文孝
発行所　株式会社　早川書房
郵便番号　一〇一 - 〇〇四六
東京都千代田区神田多町二ノ二
電話　〇三 - 三二五二 - 三一一一
振替　〇〇一六〇 - 三 - 四七七九九
https://www.hayakawa-online.co.jp

乱丁・落丁本は小社制作部宛お送り下さい。
送料小社負担にてお取りかえいたします。

印刷・精文堂印刷株式会社　製本・株式会社フォーネット社

ISBN978-4-15-031534-4 C0193

本書は活字が大きく読みやすい〈トールサイズ〉です。